101 Hair Raising Horrors

Published by Hinkler Books Pty Ltd 45-55 Fairchild Street, Heatherton, Victoria 3202, Australia
www.hinkler.com
© Hinkler Books Pty Ltd 2018

Korean language edition © 2020 by UI Books
Korean translation rights arranged with CURIOUS UNIVERSE UK LIMITED through
EntersKorea Co., Ltd., Seoul, Korea.

101가지 쿨하고 흥미진진한
무서운 이야기

1판 1쇄 인쇄 2020년 10월 5일
1판 1쇄 발행 2020년 10월 10일

저자 핍 해리
그림 글렌 싱글레톤
역자 박효진
펴낸이 이윤규

펴낸곳 유아이북스
출판등록 2012년 4월 2일
주소 서울시 용산구 효창원로 64길 6
전화 (02) 704-2521 **팩스** (02) 715-3536
이메일 uibooks@uibooks.co.kr

ISBN 979-11-6322-046-6 43840
값 13,800원

이 책을 읽기 전에

옛날 옛적부터 사람들은 진한 어둠에 둘러싸인 늦은 밤, 캠프파이어에 둘러앉아 무서운 이야기를 하고는 했죠. 사람들은 무서운 이야기를 듣는 것을 재미있어 해요. 당장 눈앞에 귀신이나 괴물이 보이는 게 아니라면 말이죠.

이 책에는 유명한 도시 전설 이야기부터 옛날 옛적부터 전해져 내려오는 무서운 이야기까지 모든 이야기들이 담겨 있어요.

각 이야기마다 무서움의 정도를 5점 만점의 공포 점수로 표시해 두었어요.

만약 이야기들이 너무 무섭다면, 조금 덜 무서운 이야기들을 읽으며 떨리는 마음을 진정시켜 보기로 해요. 이 책에는 '무섭지만 웃긴' 이야기들도 들어 있거든요! 재미있는 농담이 섞인 이야기들을 만나 볼 수 있어요. 그러니 혹시라도 무서울까 봐 걱정할 필요 없어요!

하지만 이 책의 마지막 부분에는 무시무시하게 무섭고, 무려 악몽을 꾸게 만드는 이야기들이 들어 있으니 주의해 주세요.

어둠이 가득한 캠프장이나 파자마 파티에서 머리카락을 바짝 서게 만드는 이야기들을 나눠 보세요.

사람들에게 무서운 이야기를 재미있게 들려주는 방법

무서운 듯한 목소리로 이야기를 자그맣게 읽어 나가기 시작하세요. 이야기가 절정에 다다를수록 점점 더 큰 목소리로 긴장감 넘치게 이야기를 해 주세요. 그리고 손에 땀을 쥐게 하는 제일 무서운 장면까지 왔다면, 이야기를 멈추고 사람들의 등골이 오싹해지도록 만들어 주세요. 마지막으로 제일 무서운 부분을 이야기해 주세요!

여러분이 이 책의 이야기를 혼자 읽든 누군가에게 들려주든 즐겁게 읽었으면 좋겠어요. 이 책에는 정말 무서운 이야기들이 있다는 것을 다시 한번 경고할게요!

차례

이 책을 읽기 전에 3

1장: 풀리지 않은 미스터리와 초대받지 않은 손님들 5

2장: 내 친구의 친구한테 일어난 이야기인데… 21

3장: 유령과 나쁜 귀신 36

4장: 소름 끼치는 크고 작은 생물들 53

5장: 한밤중의 조우 75

6장: 무섭지만 웃긴 이야기들 94

7장: 무서운 장난감들과 사악한 광대들 111

8장: 끔찍한 역사 133

9장: 여러 가지 괴물들 155

10장: 숲속으로는 들어가지 마 171

11장: 악몽 유발소 191

CHAPTER 1

풀리지 않은 미스터리와
초대받지 않은 손님들

1 다락방의 발소리

공포 점수 💀💀💀💀👁️

올리는 침대에 꼿꼿이 앉아, 다락방에서 울리는 선명한 발자국 소리를 들었어요. 올리와 올리의 아빠는 마을 외곽의 낡은 집에서 살고 있었어요. 올리네에서 제일 가까운 이웃집은 3킬로미터나 떨어져 있었지요. 발소리는 멈추었지만 올리의 심장은 계속 쿵쾅댔어요.

"어젯밤 다락방에서 이상한 소리가 났어요."

올리가 아빠에게 말했어요.

"그냥 쥐가 돌아다니는 소리였을 거야."

아빠는 핸드폰만 들여다보며 대답했어요.

"그치만 소리가 쥐보다 큰 것 같았는걸요."

올리가 우겼어요.

다음 날 올리는 고양이 섀도의 먹이를 깜빡해, 학교 점심시간에 집으로 왔어요. 그런데 올리가 집에 갔을 때, 섀도는 이미 막 차려진 듯한 고양이 사료를 먹고 있었어요. 그리고 물통도 가득 차 있었고요.

"저기요! 집에 누구 있어요?"

올리가 소리쳤지만 집 안은 고요했어요.

며칠 뒤 올리는 침대 옆 테이블에 놓았던 만화책을 찾았지만 도통 보이지가 않았어요.

너무 이상했어요. 아빠는 외출하셨기 때문에, 아빠가 만화책을 가져간 건지 여쭤볼 수가 없었어요.

잠시 뒤 올리는 냉장고를 열어 콜라를 찾았어요. 그런데 어제보다 콜라가 두 캔이나 사라져 있었어요. 더더욱 이상했지요! 왜냐면 아빠는 콜라를 싫어하셨거든요.

올리가 방으로 돌아와 보니, 침대 옆 테이블에 만화책이 돌아와 있었어요. 그런데 이상하게도 올리가 표시해 놓은 페이지가 아닌 다른 페이지에 책갈피가 꽂혀 있었고, 그 페이지엔 검은 지문들이 덕지덕지 묻어 있었어요.

올리는 옷장 거울을 힐끗 본 순간, 머리카락이 곤두서는 것을 느꼈어요. 다락방으로 올라가는 문이 열려 있었거든요.

그 순간 올리의 뒤에서 문이 쾅 닫히며, 방문이 잠겼어요. 그리고는 올리의 귓가에 낮은 목소리가 속삭였어요.

"나는 너를 계속 지켜보고 있었지."

2 알 수 없는 목적지
공포 점수

타다시는 기차 기관실에 앉아 도쿄행 기차 운행을 준비 중인 아빠를 기다렸어요. 곧 타다시의 아빠가 시동을 걸었고 레버를 당겨, 기차를 출발시켰어요. 타다시는 존경에 가득 찬 눈빛으로 아빠를 바라보았어요. 타다시도 커서 아빠처럼 기관사가 되고 싶었거든요.

어두운 밤이 되자, 타다시는 웅크려 앉아 졸기 시작했어요. 바깥에는 눈이 펑펑 내렸고, 날씨는 추웠어요.

"한번 운전해 볼래?"

아빠가 타다시에게 물었어요. 타다시는 잠에서 깨 벌떡 일어나 앉았어요.

아빠는 타다시의 손을 살포시 잡아 레버 위에 올려놓았어요. 자신이 기차를 운전하고 있다는 사실에 타다시는 무척 기뻤어요.

그런데 타다시가 눈을 찡그려 눈보라 사이를 자세히 보니, 저 멀리 눈밭에서 어떤 사람이 걸어가고 있는 것이 보였어요. 하지만 이렇게 늦은 밤에 누가 눈보라 사이를 걸어 다니겠어요?

"아빠, 저기 좀 봐요!"

타다시가 말했어요. 기차가 점점 가까이 다가가자, 검은 코트를 입은 여자가 기찻길 쪽으로 걸어가는 게 보였어요. 타다시의 아빠가 큰 소리로 경적을 울렸지만 여자는 돌아보지 않았어요. 아빠는 타다시를 옆에 앉히고는, 온 힘을 다해 비상 브레이크를 잡아당겼어요.

"이러다가 저 여자를 치고 말겠어!"

아빠가 소리 질렀어요.

"타다시, 꽉 잡거라!"

기차는 끼익 하는 소리와 함께 스파크를 내며 겨우 멈춰 섰고, 그 여자는 하나도 다치지 않은 채로 기차를 그냥 통과해서 지나가 버렸어요. 마치 공기처럼요.

타다시는 놀란 토끼 눈으로 아빠를 쳐다보았어요. 기차 창문 밖으로 머리를 내밀어서 여자를 찾아봤지만, 여자는 온데간데없고 그저 바람에 휘날리는 검은 코트만이 레일 위에서 펄럭이고 있었어요.

3 창문을 통해 비친 밝은 빛

공포 점수 💀💀💀💀

피오나는 침대에 누워 있었어요. 그런데 갑자기 밝은 빛이 피오나의 얼굴을 비췄어요. 피오나가 비틀거리며 일어나, 창문 밖을 내다보았어요. 하늘에는 빛나는 물체가 떠 있었고, 그 물체에서 나온 빛은 정확히 피오나를 향해 비추고 있었어요. 화들짝 놀란 피오나는 건너편 방에서 자고 있던 오빠 피트를 불렀어요.

"무슨 일이야?"

피트가 졸음에 찬 목소리로 대답하자, 피오나가 빛이 나는 이상한 물체를 손가락으로 가리켰어요. 그러자 그 물체는 순식간에 사라져 버렸어요.

"아무것도 안 보이는데?"

피트가 말했어요. 피트는 다시금 잠들었지만, 피오나는 창문 앞에서 계속 서성거렸어요. 그러자 그 물체가 집 위로 나타났다 또다시 사라졌어요. 비행기처럼 보이지는 않았는데, 그럼 설마…. 설마 그게 우주선이었을까요?

환한 스포트라이트 조명 같은 빛이 피오나의 방을 다시 비추었어요. 피오나는 자신의 몸이 두둥실 떠올라, 창문을 향해 떠가는 것을 느꼈어요. 그리고 점점 우주선에 가까워졌어요. 밝은 빛으로부터 달아나고자 피오나는 바둥바둥 노력해 봤지만, 벗어나지 못한 채 우주선으로 빨려 들어갔어요.

우주선 안으로 들어가자, 키가 크고 마른 생명체가 나타났어요. 피부는 옅은 초록색이었고, 손가락은 길고 물갈퀴가 있는 것처럼 생겼어요. 손가락이 피오나의 이마를 쓰다듬었어요. 그 생명체는 호기심에 가득 찬 검은 눈으로 피오나를 지그시 내려다보았어요. 그러고는 바늘로 피오나의 팔을 찔렀고, 피오나는 그대로 기절해 버렸어요.

다시 눈을 떴을 때, 피오나는 침대로 돌아와 있었어요. 이상한 악몽이었네요. 마치 실제로 일어난 것처럼요.

"피오나, 일어나! 학교에 늦겠어!"

피트가 소리 질렀어요. 피오나는 침대에서 일어나려고 노력했어요. 그런데 목이 너무 말랐고, 머리가 지끈지끈 아팠어요.

피트는 눈이 동그래져서 피오나를 공포에 질린 눈으로 바라보았어요.

"피…피오나?"

피트가 더듬거렸어요. 피오나는 거울에 비친 자신의 모습을 보고 깜짝 놀랐어요. 피오나의 머리카락은 허리 밑까지 자라 있었고 하루 사이에 한 살은 더 먹은 것 같았어요. 팔은 주사 자국으로 가득 차 있었고 말을 하려고 하자 외계어가 마구 쏟아져 나왔어요.

그리고 파랗던 피오나의 눈은 크게 찢어져, 잉크같이 까만 눈이 되어 있었어요.

무섭지만 사실이에요!

UFO(미확인 비행 물체)는 6분마다 한 번씩 전 세계 어딘가에서 발견되고 있어요! UFO는 주로 타원이나 원반 모양이고, 밝은 빛을 내뿜으며 이상한 모양으로 비행한다고 해요.

4 예술가의 작업실

공포 점수 💀💀💀

마르코는 새 작업실이 한때 위대한 거장 나자리오의 작업실이었다는 사실에 깜짝 놀랐어요. 수백 년 전, 나자리오는 미술 학교 꼭대기 층에 있는 비좁고, 먼지 쌓인 방에서 그림을 그렸어요. 나자리오가 미쳐서 자신의 가운데 손가락을 자르기 전까지는 말이죠. 마르코의 새 작업실에서 나자리오의 명작들이 탄생했어요.

마르코는 나자리오처럼 유명해지고 싶었기에, 여름 방학 내내 토스카나에 있는 작업실에서 지내며 곧 열릴 미술 전시회를 준비했어요. 창밖으로 보이는 언덕, 포도나무 그리고 농장의 빨간 지붕들을 금색과 파란색 그리고 초록색 물감으로 정성스럽게 그려 나갔어요.

마르코는 나자리오가 함께 붓을 움직여 주는 것처럼 느껴졌어요. 해가 지고, 손가락에 쥐가 날 때까지 계속해서 그림을 그렸어요. 매일 밤 그림을 더 그리고픈 마음을 뒤로한 채 마르코는 그림 도구들을 정리하고 작업실을 나섰어요.

어느 날 아침, 작업실 문을 열자 방 여기저기에 페인트가 뿌려져 있었고 붓들은

전부 사라져 있었어요. 마르코가 방을 샅샅이 뒤져 봤지만 붓을 찾지는 못했어요. 그리고 뒤를 돌아 이젤에 놓여 있는 그림을 보는 순간 마르코는 화들짝 놀랐어요. 그림이 칼로 온통 난도질당해 있었고, 검은색 페인트가 그림 전체에 흩뿌려져 있었거든요. 마르코의 모든 노력이 물거품이 되어 버린 것이에요!

그 순간 어딘가에서 사악한 웃음소리가 들려왔어요. 마르코가 공포에 질린 채 돌아서자

갑자기 빨간 페인트 통이 넘어졌어요.

그러고는 엎어진 페인트에 손자국이 나타났는데… 그 손자국에는 가운데 손가락이 없었어요.

무섭지만 사실이에요!

19세기 말, 교령회(죽은 이들의 혼령을 만나기 위한 모임)는 매우 유명한 모임이었어요. 사기꾼 영매들은 끈적한 슬라임을 보여 주며 영혼이라고 속이거나 자신이 불러낸 죽은 사람의 영혼이 책상을 기울이고, 공중 부양을 하게 만들어 준다고 속였어요.

5 낯선 사람과의 대화

공포 점수 💀💀💀💀

"아, 심심해! 우리 분신사바 하자."

사촌 나탈리가 말했어요. 이번 여름에만 저 소리를 백 번 넘게 들은 것 같아요. 하지만 밖에는 비가 내리고 있었기 때문에, 바다에 나가서 놀 수가 없었어요.

"그래."

저는 나탈리와 분신사바를 하기로 했어요. 나탈리는 모든 알파벳과 1부터 10까지의 숫자 그리고 **예, 아니요**가 적힌 종이를 꺼냈어요. 그러고는 플라스틱 화살표를 종이 위에 두고 우리의 손가락을 그 화살표 위에 두었어요. 참 바보 같은 짓이었어요. 나탈리와 수도 없이 분신사바를 해 봤지만 이제껏 아무 일도 일어나지 않았거든요. 하품이 났으나, 간신히 참고는 분신사바를 시
작했어요.

"우리는 죽은 자의 영혼을 만나기 위해 여기에
모였습니다."

나탈리가 말했어요.

"혹시 여기에 누가 있나요?"

화살표가 매우 천천히, **예**를 가리켰어요.

"네가 움직이고 있는 거야?"

나탈리가 속삭였어요.

저는 고개를 가로저었고, 점점 긴장되기 시작했어요.

"당신의 이름은 무엇인가요?"

제가 영혼에게 물었어요.

화살표가 대답했어요.

로즈 화이트. 타살. 1959.

나탈리가 눈을 휘둥그렇게 뜬 채, 저를 쳐다봤어요. 1950년대 바다 축제에서 실
종된 어린 여자아이 로즈 화이트 이야기는 마을 사람 모두가 아는 얘기였거든요.
그녀의 실종 사건은 아직까지도 풀리지 않은 채 남아 있었어요.

"장난 그만 쳐, 루시."

나탈리가 속삭였어요.

"난 아무것도 안 하고 있어!"

저는 말했어요.

그 순간 테이블이 흔들리고, 형광등이 깜빡거리기 시작하더니 불이 꺼져 버렸어
요. 우리는 비명을 질렀어요.

"원하는 게 뭐야, 로즈?"

나탈리가 울면서 물었어요.

화살표는 천천히 글자들을 가리켰어요.

바로 너.

저는 종이를 뒤집어 엎어 버리고, 벌떡

일어나서 불을 켰어요.

"나탈리, 나 이거 다시는 하고 싶지 않아!"

저는 소리 질렀어요.

"이거 너무 무섭잖아!"

그 순간 나탈리는 저를 돌아보았어

요. 나탈리의 눈은 흰자위로 가득했고, 이상한 미소를 짓고 있었어요.

"나는 나탈리가 아니야. 로즈야."

내 시계는 안 돼

공포 점수

"할아버지께서 너에게 이걸 물려주셨어."

조지의 엄마가 말씀하셨어요.

"팔에 차고 있으렴."

조지의 엄마는 조지의 손목에 오래된 은시계를

채워 주었어요.

"이거 꼭 차야 돼요?"

조지는 이런 투박하고, 오래된 시계가 아니라 스마트워치가 갖고 싶었어요. 그리고 조지는 할아버지를 그리 좋아하지 않았어요. 할아버지는 괴팍한 구두쇠였거든요.

"할아버지는 이걸 오십 년 동안 차고 계셨단다. 할아버지가 이 시계를 너한테 주고 싶어 하셨어."

조지는 며칠 동안 시계를 차다가 슬쩍 빼 옷장에 넣어 놓고는, 시계를 거기에 넣어 놨다는 사실조차 까먹었어요.

몇 달 후 어느 아침, 잠에서 깨어난 조지는 팔을 들어 올리다가 할아버지의 시계가 손목에 채워져 있는 것을 보았어요! 조지는 화가 나 아래층으로 뛰어 내려갔어요.

"엄마! 전 할아버지 시계 차기 싫다니깐요! 왜 제가 잘 때 몰래 채워 놓으신 거예요?"

"엄마는 그 시계를 만지지도 않았는데?"

조지의 엄마가 놀라서 말씀하셨어요. 조지는 시계를 바닥에 집어 던졌고 그 바람에 시계 유리가 깨져 버렸어요. 하는 수 없이 조지는 수리점에 시계를 가지고 갔어요.

"이거 꽤 좋은 시계네."

수리공이 말했어요.

"이건 값이 꽤 나가는 시계란다."

"혹시 이 시계 가지고 싶으세요?"

조지가 말했어요.

"그럼 이 시계 팔게요."

다음 날, 수리공에게서 전화가 왔어요.

"어제 네가 팔았던 그 시계가 없어졌는데, 혹시 다시 와서 가져갔니?"

"아니요."

조지가 말했고, 순간 조지의 등에 소름이 쫙 돋았어요. 손목에서 뭔가 조이는 듯한 느낌을 받았거든요. 손목을 보니, 할아버지의 시계가 손목을 조여 오고 있었어요. 조지의 손이 파랗게 될 때까지.

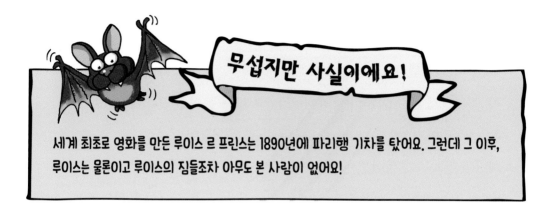

무섭지만 사실이에요!

세계 최초로 영화를 만든 루이스 르 프린스는 1890년에 파리행 기차를 탔어요. 그런데 그 이후, 루이스는 물론이고 루이스의 짐들조차 아무도 본 사람이 없어요!

7 2인분의 차

공포 점수 💀

매들린은 새집이 마음에 쏙 들었어요. 그중에서도 정원 오크 나무에 매달려 있는 줄 그네와 그 위의 작은 나무 집이 특히나 마음에 들었어요. 나이가 지긋한 이웃집 할머니의 말에 의하면, 오래전 이 집에 살던 빨간 머리 여자아이가 아빠와 함께 지은 나무 집이라고 해요. 그 여자아이는 매일 몇 시간이고, 그곳에서 놀았다고 하더라고요.

어느 날 아침, 매들린은 어리둥절한 표정으로 부엌에 서 있는 엄마를 보았어요.

"찻잔 두 개가 안 보이는데…"

매들린의 엄마가 말했어요.

"혹시 네가 가져갔니?"

"아니요."

매들린이 대답했어요.

"뭐, 어디선가 나오겠지. 아직 풀지 않은 짐 안에 들어 있을 수도 있고."

다음 날, 엄마가 매들린의 방에 노크를 하고 들어왔어요.

"피크닉 돗자리가 없어졌는데, 혹시 본 적 있니?"

엄마가 물어봤어요. 매들린은 고개를 가로저었고, 혹시 엄마가 건망증에 걸리신 게 아닌지 걱정이 됐어요.

그다음 날 매들린은 식료품 저장실로 숨어들어 가, 비스킷통에 손을 넣었지만 통 안에는 부스러기만 가득했어요. 어제만 해도 초콜릿칩 쿠키로 가득 차 있었는데 말이죠.

꼬르륵거리는 배를 움켜잡고 밖으로 나온 매들린은 사다리를 타고 나무 집으로 올라갔어요. 나무 집에서 창문 밖을 내다보니 빨간 머리 여자아이가 피크닉 돗자리에서 차를 홀짝거리며 소꿉놀이를 하고 있었어요. 피크닉 돗자리 위에는 두 사람 분의 차와 쿠키가 놓여져 있었어요. 그 아이는 웃으며 매들린을 향해 손을 흔들었어요. 하지만 매들린이 나무 집 문밖으로 기어 나가자마자 여자아이는 사라져 버렸어요. 여자아이가 있던 자리에는 애프터눈 티 컵들과 빨간색 머리카락 한 가닥만이 남아 있었어요.

19편대의 미스터리

공포 점수

"19편대, 이륙해도 좋다."

저는 헤드셋을 통해 말했어요.

"알았다, 오버."

중대장이 대답한 뒤, 해군 폭격기 다섯 대가 활주로에 섰어요.

폭격기가 차례차례 대서양 위로 이륙하며, 모의 비행 훈련을 시작했어요. 저는 잠시 쉬면서 비행 훈련이 끝나기를 기다렸어요. 그리고 졸기 시작했을 때즈음, 갑자기 비행기에서 무선 연락이 왔어요.

"관제탑, 비행기의 나침반이 오작동을 일으키고 있다."

조종사가 말했어요.

"지금까지 잘못된 방향으로 날아가고 있었던 것 같다. 오버."

무전기 너머로 폭풍우와 강풍이 비행기 조종석을 흔드는 듯한 소리가 들렸어요. 조종사들이 위험에 처한 것이었어요.

"이런, 구름 때문에 아무것도 보이지가 않는다!"

조종사가 말했어요.

"우리가 어디에 있는지 파악하기가 어렵다."

"연료는 얼마나 남았는가?"

제가 물었어요.

"거의 다 떨어져 가고 있다."

조종사가 소리쳤어요.

폭격기 엔진이 불안정해지는 소리가
들려왔고, 저는 두 손으로 책상을 꽉
움켜잡았어요.

"비행기를 바다에 불시착시켜라!"

저는 명령을 내렸어요.

"모든 비행기는 서로 가까이 붙어
있도록!"

조종사가 소리 질렀어요.

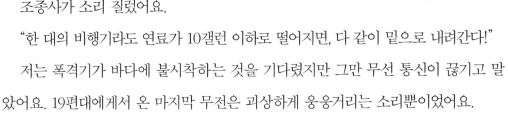

"한 대의 비행기라도 연료가 10갤런 이하로 떨어지면, 다 같이 밑으로 내려간다!"

저는 폭격기가 바다에 불시착하는 것을 기다렸지만 그만 무선 통신이 끊기고 말
았어요. 19편대에게서 온 마지막 무전은 괴상하게 웅웅거리는 소리뿐이었어요.

*이 이야기는 불가사의한 지역인 버뮤다 삼각지대에서 실제로 실종된 19편대 이야기를 바탕으로 만들어졌습니다.

무섭지만 사실이에요!

악마의 삼각지대로도 알려진 버뮤다 삼각지대는 북대서양에 있는 삼각형 모양의 지역이에요.
이 지역에서는 비행기와 배들이 이유 없이 사라지고는 해요. 그리고 그 이유는 아직 아무도
알아내지 못했답니다.

CHAPTER 2

내 친구의 친구한테 일어난 이야기인데…

9 뒷좌석의 살인마

공포 점수 💀💀💀💀

　칠흑 같은 어둠이 내린 도로는 폭풍우로 인해 미끄러웠고, 주위에는 차가 한 대도 지나다니지 않았어요. 몇 킬로미터를 가는 동안 도로 주변에는 우거진 숲뿐이었어요. 저는 학교에서 열린 농구 경기를 마치고, 오래된 고속 도로를 따라서 집으로 향하고 있었어요.

　그런데 그때, 트럭 한 대가 제 차 뒤로 바짝 붙어 왔어요. 저는 창문 밖으로 손을 흔들어, 먼저 가라는 신호를 보냈지만 헤드라이트를 반짝인 채 트럭은 제 차 뒤로 바짝 붙었어요. 트럭 때문에 잔뜩 겁먹은 전 최대한 운전하는 데에 집중하려고 했어요.

　저 사람은 대체 왜 저러는 걸까요? 저는 속력을 늦췄어요. 그런데도 트럭은 헤드라이트를 반짝이며, 범퍼에 부딪칠 만큼 가까이 다가왔어요. 저는 공포에 휩싸여 숨이 가빠졌어요. 저 트럭은 제 차를 치려고 하는 걸까요?

　트럭은 차 범퍼를 강하게 들이받았고, 제 차는 도로 난간 쪽으로 미끄러져 가파른 산골짜기를 내려가기 시작했어요. 트럭은 다시 헤드라이트를 깜빡깜빡거리며, 제가 아무것도 볼 수 없게 했어요. 핸들을 꽉 잡고 있던 제 손은 이미 하얗게 질려 있었어요. 그리고 제 핸드폰은 뒷자리에 있었고요. 평소에는 절대 뒷자리에 두지 않는데… 정신이 나갔었나 봐요!

전 휙 방향을 틀어 고속도로를 벗어났고, 그 덕에 차가 미끄러지며 요란한 바퀴 소리와 함께 균형을 잃을 뻔했어요. 그렇게 트럭은 경적을 울리며 제 차를 지나쳤고, 트럭의 후미등이 어둠 속에서 점점 멀어져 갔어요. 저는 집까지 남은 길을 천천히, 조심스럽게 운전해 갔어요. 집 앞에 주차를 했을 때, 제 몸은 사시나무처럼 떨고 있었어요. 집에는 불이 하나도 켜져 있지 않았고, 부모님은 아직 외출 중이신 것 같았어요.

제가 안전벨트를 푼 순간, 목 뒤에서 사람의 손길이 느껴졌어요. 저는 굵고 낯선 목소리에 몸이 굳어 버렸어요.

"그 트럭은 너한테 조심하라 말하려고 했던 거야."

백미러에는 귀신 가면을 쓴 한 남자가 손에 날카로운 칼을 들고 있었어요.

10 검은 눈의 아이들

공포 점수 💀💀💀💀

엄마가 마트에 장을 보러 간 동안 저는 차 안에서 엄마를 기다리고 있었어요. 저녁 먹을 시간이 다 되었고, 바깥에는 벌써 칠흑 같은 어둠이 내렸어요. 엄마는 왜 이렇게 오래 걸리는 걸까요? 저는 하품을 한 뒤, 의자에 머리를 기댄 채 꾸벅꾸벅 졸았어요. 그때, 운전석 창문을 두드리는 소리가 났어요. 저는 깜짝 놀라 잠에서 깼어요. 창문 밖에는 창백한 피부를 한 두 명의 남자아이가 후드를 뒤집어쓴 채 서 있었어요. 한 명은 형, 또 한 명은 동생으로 보였어요. 아이들은 멍한 눈동자로 저를 쳐다봤어요.

"저희가 차가 필요한데, 혹시 태워 주실 수 있나요?"

남자아이 하나가 말했어요. 순간 온몸에 소름이 돋았어요. 이 아이들은 어딘가 이상해 보였거든요.

"안 돼."

저는 말했어요.

'정말 태워 달라고 하는 건가?'

"우리 엄마가 곧 오실 거야."

"우린 애들일 뿐이에요. 그냥 태워 주시면 안 돼요?"

형인 것 같은 남자아이가 애원했어요.

전 아이들을 차에 태우는 것이 썩 달갑지 않았지만 문을 열어 주기 위해, 손을 천천히 문손잡이 쪽으로 가져갔어요. 그런데 문을 열기 직전, 남자아이들의 얼굴을 힐끗 쳐다본 전 숨이 멈춰 버리는 줄 알았어요. 아이들의 눈이 검은 잉크처럼 새까맸거든요. 홍채도, 동공도 없어요.

"형이 차에 들어와도 괜찮다고 허락해 줄 때까지, 우리는 차에 탈 수 없어요."

형처럼 보이는 남자아이가 말했어요. 저는 문손잡이에서 손을 떼었어요.

"들여보내 줘!"

동생인 듯한 남자아이가 소리를 지르곤 쾅 하고, 양손으로 창문을 내리쳤어요.

저는 도움을 구하려 마트 쪽으로 눈을 돌렸고, 마침 저 멀리서 카트를 밀고 오는 엄마를 보았어요. 남자아이들이 계속해서 창문을 내리쳤고, 저는 엄마를 향해 미친 듯이 손을 흔들었어요. 그리고 다시 옆을 돌아봤을 때에는 순식간에 소리가 멈췄고, 검은 눈의 아이들은 사라진 후였어요.

무섭지만 사실이에요!

뉴욕처럼 큰 도시에서는 하수도나 배수구에서 악어를 봤다는 도시 전설들이 많이 전해지고 있어요. 이 이야기를 두고 사람들은 누군가가 반려동물이었던 어린 파충류들을 변기에 버려 그 파충류들이 지하에서 거대한 괴물로 자라난 것이라고 말하곤 해요.

11 갈고리 살인마

공포 점수 💀💀💀

데브는 '사랑의 산책 길'에 관심을 두는 척하며, 여자 친구인 마야의 어깨에 슬쩍 팔을 둘렀어요.

"여긴 너무 아름다운 것 같아."

마야가 말했어요. 데브는 그런 마야에게 키스하려고 했어요. 그때, 라디오에서 흘러나오던 낭만적인 음악이 끊겼고 마야가 데브를 밀어냈어요.

"속보입니다."

아나운서가 말했어요.

"오늘 아침 베이시의 교도소에서 한 살인범이 탈출해 아직 잡히지 않았다고 합니다."

마야가 오싹한 느낌이 들어, 자세를 고쳐 앉았어요.

"라디오에서 뭐라고 얘기했어?"

마야는 데브에게 물었어요. 차 주위에는 아무도 없었어요. 데브와 마야, 두 사람만이 도시의 야경을 보고 있었어요.

"살인범은 무기를 가지고 있을 수 있으며, 매우 위험한 인물입니다."

아나운서가 말을 이어 갔어요.

"이 구역에 계신 주민 분들은 가능한 한 건물 안에 계시길 바랍니다. 살인자는 180센티미터 키에, 주황색 점프 슈트를 입었으며 오른팔이 갈고리로 된 것이 특징입니다."

데브는 마야를 자기 쪽으로 끌어안고는 차 문을 단단히 잠근 후 어둠 속을 바라보았어요. 데브의 맥박이 요동쳤어요. 그들이 있는 곳은 교도소에서 고작 수 킬로미터밖에 떨어지지 않은 곳이었거든요. 탈옥수가 어디에서든 튀어나올 수 있는 상황이었어요.

"집에 가자."

데브가 말했어요. 얼굴이 창백해진 마야가 고개를 끄덕였어요. 데브는 차에 시동을 걸었지만, 시동은 걸리지 않았어요. 라디오 때문에 자동차 배터리를 몽땅 써 버린 것이었어요.

"안 돼!"

데브가 공포에 빠져 소리쳤어요. 데브는 좌절하며 주먹으로 핸들을 마구 내리쳤어요. 그때, 두 사람은 머리카락이 곤두설 만큼 이상한 소리를 들었어요. 차 지붕 위에서 무언가가 쇠로 지붕을 긁는 듯한 소리가 들렸거든요.

"얼른 차에 시동 걸어!"

마야가 소리 질렀어요. 데브는 필사적으로 열쇠를 돌렸고 액셀을 밟았어요. 엔진은 요란한 소리를 내며 작동하기 시작했고, 데브와 마야는 안도하며 집에 도착했어요.

마야는 차 밖으로 나가 차 문을 보는 순간 공포에 질려 소리쳤어요. 차 문에는 커다란 갈고리가 박혀 있었어요.

12 침 범벅이 된 손

공포 점수

창밖에서 바스락거리는 이상한 소리가 났어요. 대체 무슨 소리지? 밖으로 나가 어디에서 나는 소리인지 알아볼까 했지만 몸을 일으키기에는 졸렸고, 침대도 너무 따뜻했어요.

그때 우리 집 강아지 루퍼스가 침대 아래에 있는 소리가 들렸고, 저는 침대 밑을 향해 손을 뻗었어요. 루퍼스가 제 손을 핥자, 입가에 미소가 지어졌어요. 루퍼스는 제 곁에 머물며, 밤에 안심하고 잠들 수 있게 해 줘요.

"착하지."

저는 중얼거렸어요. 루퍼스는 헥헥거리며, 제가 잠들 때까지 손을 핥아 주었어요.

다음 날 아침, 밖에서는 이상한 소리가 계속해서 나고 있었어요. 바스락, 바스락, 바스락. 저는 침대에서 나와 블라인드를 걷어 올렸어요. 놀랍게도, 뜰에는

루퍼스가 한참 씹어 먹은 듯한 뼈다귀를 앞에 두고 저를 쳐다보았어요. 루퍼스가 밤새 바깥에 있었다면… 어젯밤엔 도대체 무엇이 제 손을 핥았던 걸까요?

13 찰리와 키다리 아저씨

공포 점수

남동생 찰리가 놀이터에서 그네를 타며 놀고 있을 때였어요. 저는 나무 옆에 서 있는 마르고, 키 큰 아저씨를 발견했어요. 아저씨의 키는 거의 2미터 정도로 보였고, 한여름인데도 검은 정장을 입고 있었어요. 아저씨의 얼굴이 제대로 보이지는 않았지만 아저씨가 찰리를 지켜보고 있다는 것은 알 수 있었어요. 저는 자세를 고쳐 앉아, 아저씨를 뚫어져라 쳐다봤어요. 아저씨는 한 손엔 초콜릿을 들고, 찰리를 향해

손짓하고 있었어요…. 아니, 초콜릿을 든 것은 손이 아니라 촉수였어요!

"찰리, 안 돼!"

아저씨에게로 향해 가는 찰리에게 소리쳤어요. 찰리는 초콜릿을 정말로 좋아했거든요. 저는 이 소름 끼치게 생긴 아저씨가 찰리에게 무슨 짓을 할까 봐, 허겁지겁 공원을 가로질러 찰리에게로 달려갔어요.

"이봐요!"

저는 아저씨를 향해 소리쳤어요.

"제 남동생을 가만히 놔둬요!"

아저씨에게로 가까이 갔을 때, 저는 두 눈을 의심하며 걸음을 멈추었어요. 저를 바라보는 아저씨의 얼굴에는 눈과 코, 입이 없었어요. 저는 헉, 하고 숨이 막혔어요. 아저씨는 사람이 아닌 괴물이었어요! 그 괴물은 초콜릿을 먹는 찰리에게로 눈길을 돌렸어요. 그러고는 긴 팔로 찰리를 껴안아 나무들 사이로 들어가려고 했죠.

"멈춰요!"

저는 소리 질렀고, 찰리와 괴물을 쫓아 죽을힘을 다해 달렸어요. 하지만 괴물의 다리가 너무 길어 도저히 따라잡을 수 없었어요. 안개 낀 숲속으로 찰리와 괴물이 사라지자마자, 찰리의 소름 끼치는 비명 소리가 들려왔어요.

무섭지만 사실이에요!

'인터넷 괴담'은 실제로 일어난 일이 아니에요. 인터넷 괴담은 인터넷에서 공유되고, 재구성된 무서운 동화나 전설이에요. 가끔 이런 이야기들이 진짜처럼 보이지만 사실은 아니에요. 대부분은요.

14 사라진 히치하이커

공포 점수 💀💀

머레이의 아빠가 짙은 안갯속을 조심스럽게 운전하고 있었어요. 바위로 뒤덮인 해안 도로를 지나가고 있었기 때문에, 낭떠러지로 떨어지지 않으려고 비상등을 켠 채 천천히 움직였어요.

그때 머레이가 안개 너머로 홀로 히치하이킹하는 사람을 보았어요. 자세히 보니 찢어진 하얀 치마를 입고, 검은 머리를 땋은 한 소녀가 엄지를 들고 도로가에 서 있었어요. 그녀는 신발도 신지 않은 채 더러운 맨발로 서 있었어요.

"아빠, 우리 저 사람을 태워 주는 게 어떨까요?"

소녀가 위험한 도로에서 밤을 지새우지 않았으면 하는 마음에, 머레이는 아빠에게 애원했어요.

"저 사람은 지금 혼자 서 있어요."

잠시 후, 아빠가 차를 세웠어요. 머레이는 소녀를 구해 줄 수 있다는 사실에, 기뻐 창문을 내렸어요. 하지만 소녀가 차 쪽으로 걸어오자, 머레이는 가슴이 철렁했어요. 소녀의 얼굴은 창백하고, 야위었고, 드레스는 검게 얼룩져 있었거든요. 혹시…?

차 뒷좌석에 소녀가 타자마자 차 안 공기가 차가워졌어요. 머레이는 한기가 돌아 스웨터를 입었어요.

"부모님이 저를 기다리실 거예요."

소녀가 으스스한 목소리로 속삭였어요.

"저는 로즈길 22번지에 살아요."

목적지로 향하는 동안 머레이는 소녀에게 말을 걸어 보려 했으나, 소녀는 금방 잠들어 버렸어요. 머레이 가족의 차가 소녀의 집에 도착해서 뒷좌석을 돌아본 순간, 머레이는 자기의 눈을 믿을 수가 없었어요. 뒷좌석은 텅 비어 있었고, 어느새 소녀는 사라져 있었어요.

머레이와 머레이의 아빠가 소녀를 보았다고, 그녀의 가족에게 알려 주고자 문을 두드렸어요. 그 집에서 한 할머니가 나왔어요. 머레이와 머레이의 아빠가 그 집에 사는 소녀에 대해 묻자, 할머니는 큰 충격에 휩싸여 가슴을 움켜잡았어요.

"맞아요. 제 딸은 검은색 긴 머리를 갖고 있었어요. 하지만 딸은 몇 년 전에 죽었지요. 해안가 고속 도로에서 차 사고로 그만… 그때 제 딸은 길고, 하얀 드레스를 입고 있었어요."

무섭지만 사실이에요!

'울음소리 다리'는 애기 귀신이 자주 출몰하는 다리예요. 버지니아 블랙스톤에 있는 다리에서는 종종 애기 울음소리를 들을 수 있는데, 다리 위에 세워 둔 차체 위에 베이비파우더를 뿌리면 애기 발자국이 나타난다고 해요!

15 아이들이 잘 있는지 확인해 봤어?

공포 점수

그날 밤, 저는 싱 부부의 두 아이인 아리야와 산지를 돌보고 있었어요. 아이들이 잠든 동안 저는 싱 부부를 기다리면서 티비를 봤어요. 그때 부엌에서 전화벨이 울렸고, 그 소리에 놀란 저는 잠이 확 달아나 버렸어요. 대체 누가 이렇게 늦은 시간에 전화를 하는 거지? 저는 몹시 걱정하며, 전화를 받았어요.

"아이들이 잘 있는지, 확인해 봤어?"

몹시 단조롭고, 낮은 남자의 목소리가 수화기 너머로 들려왔어요.

"누구세요?"

저는 두려움에 떨며 물었어요. 싱 아저씨의 목소리 같지는 않았거든요…. 그치만 누가, 무엇 때문에 싱 부부의 아이들에 대해 묻겠어요?

그 남자가 전화를 끊자마자, 저는 바로 모든 문을 잠갔어요. 그리고 티브이 소리를 줄이고는 집에서 나는 소리에 귀를 기울였지만, 집 안은 조용했어요. 아이들이 자는 소리만 들려왔어요. 제 심장은 쿵쾅쿵쾅 뛰었고, 저는 다시 소파에 앉았어요.

그때 또 전화벨이 울렸어요. 정말 받고 싶지 않았지만, 다시 전화기를 집어 들었어요.

"아이들이 잘 있는지, 확인해 봤어?"

아까 그 남자가 또 물었어요. 저는 전화를 끊었고, 바로 경찰에 신고했어요. 경찰은 다시 전화가 걸려 오면 어디서 걸어 오는 건지 추적하기로 약속했어요.

"가능한 한 오래 시간을 끌면서, 전화 통화를 해 주세요."

경찰이 말했어요. 저는 계단 아래서 아이들이 있는 위층을 바라보면서 어쩔 줄 몰라, 그 자리에 얼어 있었어요.

그때 전화가 다시 울렸고, 온몸이 떨렸어요. 저는 떨리는 손으로 전화를 받았어요.

"내가 아이들이 잘 있는지 확인해 보라고 했던 것 같은데."

남자가 말했어요.

"하지만 넌 아이들을 확인하지 않았어."

"그걸 어…어떻게 알죠?"

저는 떨리는 목소리로 말했어요. 전화 건너편에선 숨죽인 웃음이 들려왔고요. 전화를 끊자, 제 심장은 목구멍 밖으로 튀어나올 것처럼 쿵쾅대고 있었어요. 얼마 지나지 않아, 경찰에게서 전화가 왔어요.

"그 남자는 집 안에서 전화를 걸고 있어요! 당장 거기서 나오세요!"

저는 전화기를 떨어뜨렸고, 아이들이 무사하기를 바라며 방으로 달려갔어요. 그리고 제 등 뒤로 무거운 발소리가 저를 따라 계단을 올라오고 있었어요….

16 구석에 있는 광대
공포 점수

삼촌과 숙모를 위해 집을 지키는 건, 누워서 떡 먹기예요. 식물에 물을 주고, 고양이에게 먹이를 먹이고, 쓰레기를 비우는 것까지만 하면 크게 할 일이 없거든요. 모든 일을 끝낸 저는 팝콘을 챙겨, 지하실로 내려가 자리 잡고 앉아 영화를 보았어요.

보아하니 삼촌과 숙모의 방 꾸미기 취향이 달라졌나 봐요. 예전에는 없던 사람만 한 광대 인형이 방 한구석에 있었어요. 그런데 저는 어렸을 적부터 광대를 무서워했기 때문에, 광대 인형이 있는 것만으로도 마음이 불안했어요. 인형이 진짜처럼 생겼거든요. 어른만큼 큰 키에, 보라색 곱슬머리와 하얗게 칠한 얼굴, 반지르르한 빨간 입술 그리고 조금 큰 나비넥타이까지.

저는 영화에 집중하려고 노력했지만 광대가 마치 저를 지켜보는 것만 같았어요.

저는 광대를 등진 채, 삼촌에게 전화를 걸었어요. 삼촌은 금방 전화를 받았고, 파티에 있는 것 같은 시끄러운 소리가 전화기 너머로 들렸어요.

"크리스! 집 잘 보고 있니?"

삼촌이 소리치듯 물었어요.

"네! 음, 방해해서 죄송하지만 헨리 삼촌… 혹시 지하실에 있는 광대 인형을 장롱에 넣어 놔도 될까요? 음… 다 좋은데, 좀 무서워서요."

삼촌이 잠시 침묵하더니, 조용한 방으로 옮겨 가서 대화를 이어 나갔어요.

"크리스, 무슨 말이야?"

삼촌이 진지하게 물었어요.

"무슨 광대 인형?"

"지하실에 있는 커다란 광대 인형 말이에요."

제가 대답했어요.

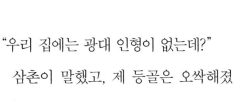

"우리 집에는 광대 인형이 없는데?"

삼촌이 말했고, 제 등골은 오싹해졌어요.

"빨리 그 집에서 나와, 당장!"

제 심장은 빠르게 뛰었고, 뒤를 돌아보았지만 광대 인형은 사라져 있었어요. 그러고는 노란 장갑을 낀 손이 제 어깨를 톡톡 건드렸어요.

"나랑 같이 놀래?"

CHAPTER 3

유령과 나쁜 귀신

17 카메라에 찍힌 무언가

공포 점수 💀💀💀

잭이 부엌 식탁에서 숙제를 하고 있을 때, 바깥에서 초인종이 두 번 울렸어요.

"잭, 집에 누가 오기로 했니?"

엄마가 시계를 보며, 잭에게 물었어요. 시계는 정확하게 오후 5시를 가리키고 있었어요.

"아니요."

잭은 수학 숙제를 하며 말했어요.

"거기 앉아 있지만 말고, 가서 누가 왔는지 확인해 보렴."

엄마가 말씀하셨어요. 잭은 한숨을 쉬고, 발을 질질 끌면서 현관으로 향했어요. 현관문의 작은 구멍으로 밖을 내다보았으나, 바깥에는 아무도 없었어요. 잭은 문을 열고 주위를 살폈지만 초인종을 누른 사람은 보이지 않았어요.

"누구야?"

엄마가 물었어요.

"초인종 귀신이요."

잭이 웃으면서 대답했어요.

다음 날 저녁 오후 5시, 초인종이 또다시 두 번 울렸어요. 잭은 장난치는 사람을 잡으려고 의자에서 벌떡 일어나 현관으로 뛰어갔어요. 하지만 잭이 달려가 문을 열었을 때에는 현관에 아무도 없었어요.

초인종은 다음 날에도, 그다음 날에도 오후 5시에 매일같이 울렸어요. 하지만 현관 앞에는 아무도 없었어요. 아빠는 초인종이 고장났나 하고는, 초인종에 연결된 줄을 살펴보았지만 아무 이상이 없었어요.

화가 난 엄마가 씩씩거리며 말씀하셨어요.

"이제 더는 못 참겠어! 현관에 방범 카메라를 설치해야겠어!"

다음 날 오후 5시, 또다시 초인종이 울렸어요. 잭과 부모님은 노트북 주위로 모여 앉아 방범 카메라 영상을 살펴보았어요. 화면에는 한 남자가 정문으로 들어와, 정원을 가로질러 현관에서 초인종을 누르는 모습이 어슴푸레하게 찍혀 있었어요. 잭은 영상에서 현관문을 열고 있는 자신의 모습을 보았어요. 그런데 영상에서는 그 남자가 잭의 바로 앞에 있는 것이 아니겠어요.

"현관에는 아무도 없었어요. 맹세해요!"

잭은 등골이 서늘해지는 것을 느꼈어요. 바로 그때, 초인종이 또다시 울렸어요. 여느 날과 같이 초인종 소리가 두 번 울려 퍼졌어요.

18 티나 이모의 그림

 공포 점수 💀💀💀

"티나 이모가 마지막 유언으로 너에게 이걸 남겨 달라고 했어."

엄마가 말씀하셨어요.

"돈이에요?"

저는 기대하며 말했어요.

저는 티나 이모를 그리 좋아하지 않았어요. 이모는 저를, 이모가 싫어하던 토마스와 헷갈려 했어요. 토마스는 티나 이모의 오빠인데, 가족의 유산을 몽땅 훔쳐 멕시코로 도망갔거든요. 이모는 제가 토마스와 닮았다고 말했고, 가끔은 기다란 보라색 손톱으로 저를 꼬집기도 했어요. 그래서 상처가 난 적도 있었어요.

"이건 티나 이모가 가장 아끼던 물건 중 하나야."

엄마는 말씀하셨어요.

"자, 보렴. 이모의 어릴 적 초상화야."

엄마가 건네준 초상화에는 곱슬머리에, 양산을 든 어린 티나 이모가 새끼 고양이와 강아지와 함께 서 있었어요. 그림 속 티나 이모는 굉장히 오래된 인형 같았어요. 예쁜 인형이 아니라, 굉장히 못되게 생긴 인형 말이에요.

"전 정말로 이 그림을 갖고 싶지 않아요."

저는 말했어요. 그 그림은 저를 오싹하게 만들었거든요.

39

"그냥 지하실에 걸어 놔. 티나 이모도 좋아하실 거야."

전 지하실 아무 곳에나 그림을 던져 놓곤, 초상화가 있다는 사실조차 완전히 잊어버렸어요.

몇 주 뒤에 저는 스케이트보드를 가지러 지하실로 향했어요. 흘끗, 그림을 한 번 쳐다본 저는 놀라 다시 그림을 바라보았어요. 그림 한가운데에 있던 티나 이모의 자리가 텅 비어 있었어요. 저는 제 눈을 믿을 수가 없어, 열심히 비벼 보았어요. 이건 꿈일 거야.

저는 재빨리 계단을 향해 뛰어갔지만, 그만 상자에 걸려 넘어지고 말았어요. 그리고 지하실 문은 굳게 닫혀 버렸어요. 뒤를 돌아보니, 어린 티나 이모가 그림에서 나와 지하실 바닥을 기어 제게 오고 있었어요.

*이 이야기는 귀신 들린 그림으로 유명한 윌리엄 스톤햄의 '남자에게서 도망가려는 손(Hands Resist Him)'을 각색했어요.

19 악몽

공포 점수

한밤중에 페니는 잠에서 깼어요. 페니는 자리에서 일어나려고, 몸을 일으켰지만 뭔가가 가슴을 누르고 있어 도저히 움직일 수가 없었어요. 마치 누군가가 가슴 위에 앉아 있는 것처럼 무거웠어요.

두 눈이 어둠에 익숙해지자, 페니는 가슴 위
에 쭈글쭈글한 할머니가 앉아 있는 것을 보
았어요. 삐쩍 마른 할머니는 사마귀가 잔
뜩 난 주름진 손으로 페니의 목을 조
이기 시작했어요. 할머니의 길고, 검은
손톱이 페니의 목에 조금씩 조금씩 파
고들었어요…. 페니는 너무 무서워 숨이
막혀 왔고, 간신히 숨을 쉬며 할머니의
얼굴을 손톱으로 긁었어요. 페니가 켁켁

거리며 신음소리를 내었고 곧이어 페니의 부모님이 방 안으로 달려와 불을 켰어요.

"페니, 괜찮니?!"

아빠가 물었어요. 페니는 벌떡 일어나 앉아, 방 안을 미친 듯이 둘러보았어요. 방
안의 불이 켜지자마자, 할머니는 사라져 버렸어요.

"제 방에 누가 있었어요."

페니가 엉엉 울며 말했어요.

"마녀가 저를 죽이려 했다고요!"

"이 방에는 우리뿐이란다."

엄마가 말했어요.

"악몽을 꿨나 보구나."

페니가 방 안을 둘러보았어요. 그건 정말 꿈이었을까요? 페니는 마음을 가라앉
히고 생각해 보았어요. 만약 그 마녀가 진짜였다면, 어떻게 이렇게 빨리 사라질 수
가 있었겠어요?

그런데 그때, 페니의 엄마가 페니의 목에 있는 멍과 상
처 난 피부를 어루만지며 물었어요.

"그런데 페니, 네 목에 있는 이 상처들은 뭐니? 누가 그
랬니?"

20 나랑 같이 놀래?

공포 점수

저는 자전거를 타고, 어린이 병원 앞에 도착했어요. 이곳은 오래전에 버려져, 아주
낡고 허물어져 가고 있었어요. 그동안에는 안으로 들어갈 배짱이 생기지 않았어요. 하
지만 오늘, 저는 용기 내어 건물 안으로 들어가 보
기로 결심했어요. 건물은 두꺼운 나무줄기에 둘러
싸여 있었고, 창문은 전부 깨져 있었으며, 바닥에
는 벽돌이 굴러다니고 있었어요. 사람들은 이곳에
서 죽은 환자들의 귀신이 나온다고 말했어요.

"우리 저 안에 들어가 적어도 십 분은 버티다
가 나오는 거다."

엘리아스가 새끼손가락을 걸며, 맹세하자고 했
어요.

"그래."

저는 대답했어요. 왜냐면 그리 무섭지 않았거든요.

엘리아스의 새끼손가락에 손가락을 걸고, 심호흡을 한 뒤에 저는 병원의 깨진

창문을 넘어 낡은 마루에 착지했어요. 먼지가 가득한 마루에 내려서자, 바퀴벌레들이 사사삭 하고 흩어져 갔어요.

"네가 먼저 가!"

엘리아스가 말했어요. 우리는 계단으로 올라갔어요. 계단을 올라가니, 잔뜩 녹이 슨 철 침대들과 체중계가 가득 쌓여 있었어요.

저는 계단을 올라가다가 이상한 소리에 귀를 기울였어요. '끼익….' 휠체어 움직이는 소리가 계단 위에서 났어요.

"방금 이 소리 들었어?"

저는 잔뜩 겁을 먹고 속삭였어요.

"지금 소리가 또 났어!"

어느새 엘리아스는 겁쟁이가 되어, 제 팔을 부여잡았어요.

"빨리 여기서 나가자!"

엘리아스가 소리쳤어요.

"안 돼! 여기서 십 분 동안 버티기로 했잖아!"

간신히 무서움을 참으며, 엘리아스에게 말했어요. 저는 한 발, 한 발 계단을 올라가기 시작했어요.

그때, 계단 위에 휠체어 형체가 보였어요. 휠체어에는 창백한 얼굴에, 줄무늬 잠옷을 입은 남자아이가 공을 들고 앉아 있었어요.

"나랑 같이 놀래?"

남자아이가 우리를 향해 공을 굴렸어요. 저는 굴러가는 공을 잡고는 계단 위쪽을 다시 보았지만 남자아이는 사라져 있었어요.

귀신을 잡으러 다니는 사람들 또는 초자연적인 현상을 쫓는 사람들은 귀신이 씐 장소를 추적할 수 있는 여러 가지 도구들을 가지고 있어요. 예를 들면, 전자 측정기나 디지털 체온계, 녹음기, 적외선 카메라 그리고 온도 측정이 가능한 비디오 카메라 같은 최신 기술을 이용해 귀신의 존재를 찾으려고 노력하지요. 그런데 가끔씩 이 사람들의 카메라에 정말 무서운 것들이 찍힌다고 해요!

21 베이비 모니터

공포 점수

엄마가 마을로 장 보러 간 사이에, 에바는 두 살짜리 여동생 셀레스트가 낮잠을 잘 자는지, 베이비 모니터로 체크하며 학교 숙제를 하고 있었어요.

그때 모니터 너머로 셀레스트에게 노래를 불러 주는 엄마의 목소리가 자그맣게 들렸어요. 셀레스트가 있는 침대에 엄마 그림자가 살짝 드리웠고, 에바는 안심의 미소를 지었어요. 엄마가 벌써 집에 돌아온 줄 몰랐네, 하고 에바는 생각했어요.

"자장… 자장…"

엄마는 셀레스트에게 자장가를 불러 줬어요.

엄마가 계속 자장가를 부르자 셀레스트는 까르르 하고 웃었어요.

'셀레스트가 자질 않네, 엄마 파이팅.'

에바는 노트북을 끄고 엄마와 동생이 있는 곳으로 향했어요.

그런데 그때, 현관문 닫히는 소리가 들렸어요. 엄마가 장을 보고 이제 막 도착한 소리였어요.

"엄마, 아까 집에 온 거 아니었어요?"

에바가 소스라치게 놀라, 물었어요.

"아니, 지금 막 도착했는걸? 셀레스트는?"

엄마가 물었어요.

"셀레스트는 계속 자고 있는 거야?"

에바는 공포에 휩싸인 채, 셀레스트의 방으로 뛰어가 문을 벌컥 열었어요. 침대 위에서 셀레스트가 까르르 웃고 있었어요. 에바는 옷장을 열어 보고, 침대 아래도 살펴보며 방 안을 샅샅이 뒤졌지만 아무도 없 었어요.

"에바, 무슨 일이야?"

정신없이 방 안을 뒤지는 에바를 보고, 엄 마가 놀라 물었어요.

"왜 귀신을 본 것처럼 그러고 서 있어?"

"엄마! 저기 봐요!"

셀레스트가 아무것도 없는 침대 위를 가리 키며 말했어요.

"저 아줌마가 노래 불러 줬어요."

22 집 안으로 들어오렴

공포 점수

저는 할머니가 가장 좋아했던 흔들의자에 앉아서 달콤한 차를 한 잔 마시고 있었어요…. 삼 년 전, 할머니는 이 의자에서 심장마비로 돌아가셨어요.

"기아야, 집 안으로 들어오렴."

할머니의 목소리가 부엌에서 들렸어요. 저는 흔들의자를 멈추고는 가만히 귀를 기울였어요. 할머니일 리가 없는데. 아마 제가 잘못 들은 거겠죠?

저는 다시 흔들의자를 움직이면서, 할머니가 가장 좋아하던 장미 정원을 바라봤어요. 그리고 할머니가 여기 함께 있었으면 얼마나 좋을까 하고 생각했어요.

"기아! 집 안으로 들어오렴!"

아까보다 더 크고, 더 선명하게 할머니의 목소리가 들렸어요. 그 소리에 저는 가만히 멈춰 섰어요. 정말 할머니 목소리 같았거든요.

"기아, 지금 당장 집 안으로 들어오려므나!"

저는 의자에서 일어나, 할머니의 목소리를 따라갔어요.

제가 집 안으로 들어서자마자 바깥에서 '쿵' 하고 큰 소리가 났어요. 방금까지

46

앉아 있던 흔들의자 위로 무쇠로 만든 현관 조명
이 떨어져 의자가 산산조각이 나 있었어요. 그
순간 등에는 닭살이 돋았어요.

"고마워요!"

저는 할머니가 들으실 수 있도록 아주 크게
말했어요.

"할머니! 고마워요!"

무섭지만 사실이에요!

귀신이 다 무서운 건 아니에요. 1881년도에 죽은 부두교의 여왕 마리 라보는 소원을 이루어 주는
귀신으로 유명했어요. 마리 라보 귀신을 믿는 이들은 뉴올리언스에 있는 마리 라보의 무덤 곁에
돈과 음식 혹은 꽃을 두고는 했어요.

23 귀신 들린 흔들 목마

공포 점수

어느덧 자정이 넘어가는 시간, 저는 사라 고모할머니의 댁에 있었어요. 고모할머
니가 외출을 한 동안에 저는 집을 지키고 있었어요. 낡은 장난감들과 곰팡이가 핀
책들, 얼룩덜룩한 신문들이 가득 차 있는 다락방이 제 잠자리였어요.

하지만 쉽사리 잠이 오지 않았고, 자꾸 들려오는 작은 소리에 깜짝깜짝 놀랐어요. 턱 끝까지 이불을 끌어 올린 채, 덜덜 떨고 있을 때 방 건너편에서 천천히, 반복적으로 삐걱거리는 소리가 들렸어요. 그리고 그 소리는 점점 크고, 빨라졌어요.

저는 고개를 들어 장난감들이 가득한 방을 슬쩍 살폈고, 방 한구석에 서 있는 낡은 흔들 목마가 앞뒤로 움직이는 것을 보았어요…. 아무도 흔들 목마를 건들이지 않았는데 말이죠.

흔들 목마는 앞뒤로 격렬하게 움직이며, 방을 가로질러 제게 다가오고 있었어요. 쿵쾅대는 심장을 부여잡은 채, 숨을 가쁘게 몰아쉬면서 저는 이불 속으로 머리를 집어넣었어요. 흔들 목마는 침대 바로 옆까지 왔어요.

'삐걱, 삐걱, 삐걱…'

저는 도저히 이불 밖을 내다볼 용기가 나지 않아 숨죽인 채, 이불 안으로 꽁꽁 숨었어요. 마침내 흔들 목마는 조용해졌고 저는 뒤숭숭한 마음으로 잠들었어요.

아침이 되자, 흔들 목마는 장난감 상자 옆으로 돌아가 있었어요. 간밤에 그저 꿈을 꾼 게 아닐까 생각이 들 정도로 방 안은 너무나도 평범해 보였어요.

부엌에 있던 엄마가 제 머리를 쓰다듬으면서 아침 인사를 해 주셨어요. 팬케이크도 주셨고요.

"네가 고모할머니 댁 장난감을 가지고, 너무 늦은 밤까지 놀지 않았으면 좋겠구나."

접시를 건네주시던 엄마가 말씀하셨어요.

"한밤중에, 네가 미카엘의 흔들 목마를 가지고 노는 소리를 다 들었어."

어젯밤 일은 꿈이 아니었어요.

"미카엘이요?"

제가 말했어요.

"미카엘이 누구예요?"

"어렸을 때 죽은 네 삼촌이란다. 여섯 살 때, 이 집에서 폐렴으로 죽고 말았어."

저는 무슨 말이라도 하고 싶었지만 너무 놀라, 단 한 마디도 할 수 없었어요.

24 내가 너를 지켜보고 있다

공포 점수

"엄마, 저 잠깐 태블릿 가져갈게요!"

니아가 소리치며 방으로 올라갔어요.

"숙제 먼저 하렴!"

니아의 엄마가 소리 지르며 대답하였어요.

"이게 숙제예요! 인터넷 지도로 역사적인 장소를 찾아봐야 해요!"

니아는 태블릿을 가지고, 역사 수업에서 배운 런던탑에 관해 조사하기 시작했어요. 옛날에 그곳은 아주 무시무시한 감옥이었다고 배웠어요. 니아는 건물을 더 자세하게 보기 위해 두 손가락으로 이미지를 계
속 확대시켰어요. 그러자 마치 니아는 런
던탑에 있는 듯 생생하게 느껴졌어요!

니아가 사진 속에 있는 건물 한곳을
확대해 보았어요. 그곳에는 죄수들이 고
문을 받던 고문실과 연결되어 있는 '반역
자의 문'이 있었어요. 그리고 그 자리에,
어떤 남자가 붉은색 흔적을 남기면서 무
거워 보이는 주머니를 끌고 가고 있었어요. 순간 니아의 팔에 소름이 돋았어요. 남
자는 사형 집행인의 복면을 쓰고 있었거든요.

불현듯 사진 속 남자가 고개를 들어 위를 쳐다보았고, 니아는 남자와 눈이 마주
친 듯했어요. 하지만 말도 안 되는 일인걸요! 니아는 급히 숨을 들이마시고 앱을 끄
고는 부엌으로 뛰어갔어요.

"벌써 끝났니?"

엄마가 물었어요.

"네, 다 끝났어요."

겁에 질린 니아가 대답했어요.

잠시 후에, 니아는 다시 앱을 켰어요. 그리고 런던탑은 쳐다도 보지 않은 채 미
국 지도를 살펴보았어요. 니아는 집 근처에 위치해 있는, 조용한 거리인 플레즌트빌
의 로클리 도로를 터치했어요. 그러고는 34번가에 있는 매매 중인 집을 확대했어
요. 순간 니아는 또다시 감시당하는 듯한 기분을 느꼈어요. 사진 속 집은 평범해 보
였어요. 여느 다른 집처럼 하얀 울타리에, 초록색 정원이 있었어요. 하지만 이미지
를 확대하자, 창문엔 핏빛 손바닥 자국과 글씨가 남겨져 있었어요.

'내가 너를 지켜보고 있다.'

니아는 재빨리 지도에서 자신의 집 주소를 검색했어요. 그리고 집을 확대시켜 본 순간, 공포에 질려 몸이 얼어붙었어요. '반역자의 문'에 있던 남자가 니아의 침실을 보며 앞마당에 서 있었거든요. 남자는 가죽 복면을 벗고, 니아의 집 현관 문을 향해 걸어갔어요.

25 욕실의 낙서

공포 점수

"주안, 빨리 샤워해라!"

엄마가 소리쳤어요. 맞아요. 이제 막 축구 경기를 끝내고 집에 돌아온 터라, 몸에서 냄새가 났거든요.

"오늘 이삿짐 센터에서 짐을 가져갈 거야. 얼른 짐 싸야 하니깐 너도 도와야 한다."

저는 샤워하기 싫은 마음을 뒤로한 채, 수건을 집어 들고는 욕실로 느릿느릿 걸었어요. 엄마는 우리 집에 살해당한 십 대 여자아이 귀신이 씌었다고 생각했어요.

우리 집은 한밤중에도 문이 쾅쾅 닫혔고, 컵과 그릇들이 날아다녔어요. 하루는 소름 끼치는 비명 소리에 잠에서 깬 적도 있었어요. 그 후로 저는 혼자 집에 있지 않으려고 최대한 노력했어요. 우리 가족은 가능한 한 빨리 이사 가려고 계획했어요.

저는 샤워기 앞에서 슥슥 비누칠을 했고, 따뜻한 물로 머리를 감았어요. 그때, 갑자기 수도꼭지가 돌아가 펄펄 끓는 물이 나오기 시작했어요. 저는 '으악' 하고 비명을 지른 후 데일 것 같은 더운 물을 피해 얼른 수도꼭지를 찬물 쪽으로 돌렸어요. 몸에 남아 있는 비누를 씻어내고, 샤워실 문을 열 때까지 제 심장은 엄청 빠르게 뛰었어요.

그런데 그때, 김 서린 거울에 글자가 나타났어요.

가지 마. 나 외로워.

너무 깜짝 놀라, 저는 당장 거울에서 떨어져 욕실 문손잡이를 잡았지만 문은 밖에서 잠겨 있었어요.

CHAPTER 4

소름 끼치는
크고 작은 생물들

26 뇌가 간지러워요

공포 점수 💀💀💀

저는 핼러윈 저녁때 받아 온 사탕을 앉은 자리에서 몽땅 먹어 치웠어요. 그러고는 텅 빈 사탕 가방을 보면서 살살 아파 오는 배를 문지르고 있었어요.

"배가 아파요."

저는 끙끙 앓는 소리를 했어요.

"당연하지, 딜런."

엄마가 말했어요.

"맛있는 음식도 한꺼번에 많이 먹으면 탈이 난다는 걸 알고 있잖니."

저는 바닥에서 배를 잡고, 몸을 웅크린 채 눈을 감았어요. 그리고 얼마 지나지 않아서 과자 포장지들과 반쯤 먹은 사탕들 위에서 잠이 들었어요. 제 끈적끈적한 얼굴을 사탕 포장지 더미 위에 올린 채 말이죠.

그때 귓불을 심하게 꼬집는 듯한 느낌이 들어 저는 잠에서 깼어요. 눈을 떠보니 개미 떼가 제 얼굴 위를 기어 다니고 있었어요! 저는 소리를 질렀고, 얼굴에 있는 개미를 떼어 내려고 얼굴을 찰싹찰싹 때리며 화장실로 향했어요. 그러고는 얼굴을 물로 씻어 낸 후에 남아 있는 사탕을 몽땅 쓰레기통에다가 버렸어요. 다시는 그렇게 사탕을 많이 먹지 않을 거예요!

다음 날 아침, 저는 학교 수업에 집중하려고 했지만 이상하게도 귓속이 간지러워

집중할 수가 없었어요. 귓속에 손가락을 넣어 긁어도 봤지만 벌레 같은 건 나오지 않았고, 귀지만 듬뿍 나왔어요.

"어디서 이렇게 긁적이는 소리가 계속 나는 거야?"

저는 제일 친한 친구인 휴에게 물었어요.

"무슨 소리?"

휴가 말했어요. 마치 작은 발들이 머릿속을 걸어다니는 듯한 소리가 계속 들렸어요. 체육 시간이 되자, 귓속이 뜨겁고 몹시 간지러웠어요. 자꾸만 긁는 듯한 소리가 귓속에서 울렸어요. 저는 소리를 멈춰 보려고, 귀를 세게 두드렸어요. 기절할 만큼 아주 세게.

"괜찮아? 무슨 일이야?"

휴가 물었어요.

그때 귀가 아파 오기 시작했고 갑작스러운 통증에, 저는 몸을 웅크렸어요.

"나 귀가 너무 아파. 양호실에 좀 데려다줘!"

저는 양호실에서 옆으로 쪼그리고 누웠고, 양호 선생님은 손전등으로 제 귓구멍 안을 비춰 자세히 들여다봤어요.

순간, 양호 선생님은 비명을 지르면서 바닥으로 손전등을 떨어뜨렸어요. 동시에 제 눈앞이 까맣게 흐려졌고, 긁는 듯한 소리가 더 크게 들리기 시작했어요. 너무 아픈 나머지 귀를 부여잡으며 비명을 질렀고, 어느새 제 얼굴과 눈은 집을 잃어 화가 난 수백 마리 개미 떼가 뒤덮고 있었어요.

27 미끈이의 만찬

공포 점수

엄마는 저의 열 번째 생일 선물로 뱀을 사 주셨어요. 그 뱀은 길이가 3.6미터나 되는 비단뱀이었어요. 저는 그 뱀에게 미끈이라는 이름을 지어 줬어요. 미끈이는 제가 받았던 생일 선물 중 가장 최고의 선물이었어요!

저는 남동생 레오와 같은 방에서 지내고 있는데, 미끈이도 이 방에서 지내기로 했어요. 미끈이는 방 안에 있는 유리 상자 안에서 살 거예요. 미끈이는 사납지 않아요. 그래서 저는 가끔 유리 상자 안에서 미끈이를 꺼내 집 안이나 뒷뜰에서 기어 다닐 수 있도록 해 줬어요. 레오와 저는 종종 미끈이를 쓰다듬거나 목에 걸기도 하곤 해요.

그런데 갑자기 미끈이가 사흘 동안 아무것도 먹지 않았어요. 엄마는 수의사 선생님을 불러 미끈이를 진찰해 보라고 했어요.

"걱정하지 않으셔도 돼요."

수의사 선생님은 말했어요.

"야생 뱀은 오랫동안 먹지 않고도 잘 살아 있을 수 있어요. 미끈이는 나중에 정말 맛있는 것을 먹으려고 일부러 굶고 있는 것일 수도 있고, 아니면 지금까지 먹었던 먹이에 질린 것일 수도 있어요."

그날 저녁에 미끈이에게 새 간식을 주려고도 해 보았지만, 미끈이는 여전히 한 입도 먹지 않았어요.

그리고 깊은 밤, 저는 바스락거리는 소리에 침대에서 일어났어요. 제

옆에는 미끈이가 몸을 길게 늘어뜨리고 누워 있었어요! 저는 웃으며 미끈이를 다시 유리 상자 안에 집어넣었어요.

"너는 사람이 아니야, 미끈아."

저는 미끈이에게 말했어요.

다음 날, 미끈이가 레오 옆에서 어젯밤처럼 몸을 길게 늘어뜨리고 뻣뻣하게 누워 있는 것을 보았어요.

저는 다시 수의사 선생님을 불렀어요.

"미끈이가 아직도 먹지를 않아요."

저는 창문 밖에서 레오가 미끈이와 고양이랑 함께 놀고 있는 모습을 보며 말했어요.

"그리고 또 이상한 점이 있어요."

저는 말했어요.

"미끈이가 요즘 계속 저랑 제 남동생 옆에 몸을 곧게 펴고 누워요."

수의사 선생님은 갑자기 아무 말도 하지 않았어요.

"얘야, 그 행동은 뱀이 먹이의 크기를 잴 때 하는 행동이야. 뱀이 먹이 옆에 누워서 먹이의 크기를 재 본 다음, 먹이를 먹을 수 있을 만큼 몸을 늘리려고 하는 행동이란다!"

저는 얼른 창문 밖을 보았고, 창문 밖에는 미끈이가 몸을 꼿꼿이 세우고 레오의 머리를 향해 입을 크게 벌리고 있는 모습이 보였어요.

28 절대 봉투를 핥지 마

공포 점수 💀💀💀

"저 혼자 이 많은 걸 다 해야 해요?"

제 앞에 산더미처럼 쌓여 있는 크리스마스 카드와 봉투들을 바라보며, 엄마에게 물었어요. 엄마는 친척과 친구들에게 촌스러운 크리스마스 카드를 보내는 것을 좋아해요. 저는 잔뜩 쌓인 봉투들 안에 크리스마스 카드를 집어넣으려면 오랜 시간이 걸리겠구나, 하고 생각했어요.

"그럼 당연하지. 엄마는 네 남동생을 축구 연습장까지 데려다줘야 하거든. 오늘 안으로 크리스마스 카드들을 보내야 해. 고맙다, 애런!"

엄마가 급히 방을 빠져나가며 말씀하셨어요.

저는 카드를 접기 위해 첫 봉투를 혀로 핥았는데, 봉투에 붙어 있던 풀에서 이상한 맛이 났어요. 백 번째 봉투까지 접었을 때, 제 혀는 종이처럼 바짝 말라 있었어요.

다음 날, 제 혀는 퉁퉁 부어올랐고 욱신욱신거렸어요. 거울을 보니, 혀 끝에 이상한 종기도 나 있었어요. 저는 혀가 너무 아파서 제대로 아침도 먹을 수가 없었지요.

일주일 뒤에 그 종기는 고름이 가득 찬 큰 물집이 되어 있었고, 얼굴까지 퉁퉁 부으면서 발진이 얼굴을 가득 뒤덮었어요. 그리고 음식을 먹기조차 힘든 상태가 되었어요.

엄마는 어지러워하는 저를 데리고 병원으로 향했어요. 의사 선생님은 제 혀에 난 종기를 아파 눈물이 나올 때까지 쿡쿡 찔렀어요. 얼룩덜룩한 얼굴로 눈물이 흘러내렸어요.

"저도 이게 뭔지 잘 모르겠네요."

의사 선생님이 말했어요.

"MRI를 찍어야 할 것 같아요."

MRI를 찍은 의사 선생님이 어리둥절해하며,
화면에 뜬 혀 사진을 유심히 살펴보았어요.

"흠."

얼굴을 찡그린 채, 의사 선생님이 말했어요.

"저 모양은 마치…."

"바퀴벌레!"

책상 모서리를 콱 잡으며, 제가 혀짤배기소리로 말했어요.

"왜인지는 모르겠지만, 네 혀에 바퀴벌레 알이 있는 모양이구나…. 최근에 이상
한 걸 혀로 핥은 적이 있니?"

아빠와 저는 공포에 질린 눈으로 서로를 쳐다보았어요. 아마도 크리스마스 봉투
에 묻어 있던 풀에 바퀴벌레 알들이 있었던 모양이에요!

바로 그때, 혀의 고름이 터지면서 수많은 바퀴벌레의 다리가 입술 위로 기어가
는 게 느껴졌어요.

무섭지만 사실이에요!

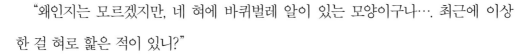

동남아시아로 배낭여행을 다녔던 영국인 다니엘라 리베라니는 여행 기간 동안 잦은 코피
때문에 고생했어요. 집으로 돌아와 확인해 보니, 검은 물체가 콧속에서 꿈틀거리고 있었어요.
다니엘라는 급히 응급실을 찾았어요. 의사 선생님은 다니엘라의 콧속에서 한 달간 살고 있던 3
인치(7.5센티미터) 크기의 거머리를 찾아냈어요!

29 엘리베이터 살인

공포 점수 💀💀💀💀

디나는 친구들과 놀이터에서 놀기 위해 금방이라도 무너져 내릴 것 같은 아파트에서 엘리베이터를 기다리고 있었어요. 엘리베이터가 도착했고, 문이 삐거덕 열렸어요. 문이 열린 순간, 디나가 공포에 질려 비명을 질렀어요. 비좁은 엘리베이터 구석엔 이웃 이고르가 쓰러져 있었어요. 이고르의 목에는 구멍 두 개가 나 있었고, 이고르는 공포로 인해 하얗게 질린 표정으로 쓰러져 있었어요. 디나는 집으로 돌아가, 전화로 도움을 요청했어요.

경찰이 현장에 도착했고 형사는 디나에게 물었어요.

"건물 주변에서 이상한 사람을 보지 못했나요?"

디나는 고개를 가로저었어요. 이상한 사람을 보지 못했거든요. 디나가 본 거라고는 공포에 질려 죽은 이고르뿐이었어요. 그날부터 디나는 엘리베이터를 피해, 계단으로만 다녔어요.

어느 날 놀이터에서 해가 저물 때까지 논 디나는 지칠 대로 지친 팔다리를 이끌고, 엘리베이터 버튼을 눌렀어요. 이윽고 엘리베이터의 문이 열렸고, 안에는 아무도 없었어요. 엘리베이터에는 아무도 없으니 바보처럼 무서워하지 말자고 디나는 스스로에게 주문을 걸었어요. 이건 그냥 엘리베이터일 뿐인걸요.

디나가 13층 버튼을 눌렀고, 엘리베이터는 위로 올라갔어요. 그때, 엘리베이터가 갑자기 멈춰 섰고 디나는 넘어질 뻔했어요. 불이 꺼졌고, 엘리베이터 안은 어둠으로 가득 찼어요.

엘리베이터 안은 아주 오랫동안 고요했어요. 그런데 갑자기 머리 위쪽에서 쿵 하는 소리가 크게 들렸어요. 알 수 없는 무언가가 엘리베이터 안으로 들어오려고 했어요!

"도와주세요!"

디나가 울부짖었어요. 주머니 속에 핸드폰이 있다는 걸 기억한 디나는 떨리는 손으로 핸드폰을 꺼내 빛을 비추었어요.

바로 눈앞에는 크고, 빛나는 여덟 개 눈이 디나를 보고 있었어요. 아주 거대한 거미였어요. 거미는 끈적거리는 거미줄을 디나에게 발사했어요. 그러고는 꽁꽁 디나의 몸을 감싸, 움직일 수 없게 만들었고 비명도 지르지 못하게 입을 막아 버렸어요.

30 미굴의 새 강아지

공포 점수

미굴과 부모님은 시내에 있는 시장으로 장을 보러 갔어요. 장을 보던 중에 미굴은 다리 뒤쪽으로 촉촉한 감촉을 느꼈어요. 미굴이 뒤돌아보자, 뭉툭한 다리와 긴 꼬리를 가진 작은 강아지가 따라오고 있었어요.

"엄마, 봐요. 길 잃은 강아지예요!"

미굴이 말했어요. 엄마가 더럽다는 듯 얼굴을 찌푸렸어요.

"워이!"

엄마는 강아지를 향해 휘휘 손을 내저었어요.

"저렇게 못생긴 강아지는 처음 봤네. 분명 멕시코에서 넘어온 털 없는 강아지인 게 틀림없어."

미굴은 강아지를 몰래 주워, 옷 안에 숨겨 집까지 데리고 왔어요. 강아지에게는 집이 필요했고, 미굴은 강아지를 키우고 싶었거든요. 강아지와 저는 운명이었어요! 집으로 돌아온 미굴은 강아지에게 음식과 물을 주었고, 엉겨 붙은 털을 빗겨 주었어요. 그리고 미굴의 침대 바로 옆에 낡은 수건으로 강아지 침대도 만들어 주었어요.

그런데 다음 날 아침, 미굴이 잠에서 깨 보니 강아지가 빨갛고 눈물이 그렁그렁한 눈으로 미굴을 바라보고 있었고 강아지의 입에선 하얀 거품이 흐르고 있었어요.

"아이고, 심한 감기에 걸렸나 보구나."

미굴이 말했어요. 그때 형 카를로스가 방으로 들어와, 미굴이 강아지를 쓰다듬고 있는 것을 목격했어요.

"내가 이럴 줄 알았어!"

카를로스가 말했어요.

"엄마한테는 말하지 말아 줘."

미굴이 빌었어요.

"강아지는 어디서 데려온 거야?"

카를로스가 미굴에게 물었어요.

"시내에 있는 시장에서 주웠어. 형도 강아지가 멕시코에서 온 털 없는 강아지 종류라고 생각해?"

"이건 개가 아니야."

카를로스가 발을 동동 구르며 말했어요.

"이건 시궁창 쥐야…. 그리고 아마 광견병에 걸린 것 같아."

미굴이 으르렁거리는 쥐를 잡으려고 했지만, 때는 이미 늦었어요. 그 순간 입에 거품을 문 채, 쥐가 날카로운 이빨로 카를로스의 맨다리를 물어 버렸어요. 미굴은 공포에 질려, 쥐가 형의 다리를 무는 것을 지켜볼 수밖에 없었어요.

무섭지만 사실이에요!

알프레드 히치콕의 공포 영화 '새'에서 나온 한 장면처럼, 2013년 켄터키의 작은 마을에서도 이와 비슷한 일이 일어났어요. 수백만 마리의 검은 새와 유럽 찌르레기들이 하늘을 검게 물들여 시민들을 공포에 빠뜨렸고, 병균이 가득한 새똥을 잔뜩 남기고는 떠났어요.

31 라 레추자의 습격

공포 점수

"엄마, 다녀오겠습니다!"

저는 학교 버스를 타기 위해 복도를 달려가며 소리 질렀어요. 현관문을 닫는 순

간, 문에 깊이 팬 자국을 발견했어요. 어떤 짐승이
이런 짓을 했을까요?

　　밖으로 나온 엄마가 공포에 질려, 제 팔을 움켜잡
았어요.

　　"저건 라 레추자의 발톱 자국이야!"

　　엄마가 소리쳤어요.

　　"라 레추자가 우리한테 경고하는 거야!"

　　저는 어이없는 표정을 지으며 눈을 흘겼어요. 엄마는
길 아래에 사는 할머니가 사람으로 변장한 마녀라고 했
어요. 밤마다 검은 올빼미로 변해 침대에서 아이들을 납치해 간다고도 생각했고요.

　　"엄마, 진정해요. 레추자는 진짜가 아니에요."

　　저는 말했어요.

　　"그건 그저 미신일 뿐이라고요."

　　해가 지자마자, 엄마는 문과 창문을 전부 잠갔어요.

　　"오늘 밤에는 침대에서 절대로 나오지 마."

엄마가 말했어요.

　　"무엇이 있든 말이야."

　　저는 한숨을 쉬었고, 엄마에게 잘 자라는 키스를 하
고 엄마의 말대로 침대에 얌전히 누웠어요.

　　아니, 그러려고 노력했어요. 아무튼.

　　그날 밤 늦은 시간에, 저는 창밖에서 들리는 아기
울음소리에 잠에서 깼어요. 아기는 배가 고프고 두려
움에 떨고 있는 것 같았어요. 전 엄마의 경고를 무시

하고, 침대에서 나와 울음소리를 따라갔어요. 현관문 쪽으로 살금살금 걸어가고 있는 제 심장은 점점 쿵쾅대며 뛰기 시작했어요. 아기를 찾으러 집 바깥으로 나간 순간 아주 거대한 검은 올빼미가 저를 덮쳤고, 제 어깨를 날카로운 발톱으로 잡았어요.

올빼미는 하늘로 날아올랐고, 잔뜩 공포에 질린 채 저는 비명을 질렀어요. 그 순간 아래에서 총소리가 났고, 쿵 하는 소리와 함께 올빼미는 저를 바닥으로 떨어뜨리고는 몸을 웅크렸어요. 고개를 들어 보니 엄마가 사냥용 소총을 들고 있었어요. 엄마는 다시 총을 들어, 올빼미를 겨냥했어요.

올빼미는 비틀비틀거리며, 떠나갔고 새가 날아간 길을 따라서 상처에서 나온 듯한 피가 떨어져 있었어요.

결국 아침이 밝았어요. 엄마와 저는 간밤의 일로 충격에서 벗어나지 못한 채, 버스 정류장으로 향했어요. 엄마는 길 아래 이웃 할머니 집을 계속 지켜보았어요.

이윽고 문이 열렸어요. 할머니가 뻣뻣한 몸을 이끌고 현관으로 나와선 엄마를 노려보았어요. 피투성이가 된 붕대가 할머니의 다리에 감겨 있었고, 할머니는 목발을 짚은 채 절뚝거리고 있었어요.

32 기름진 머리

공포 점수 💀💀💀

케일럽이 스케이트보드를 들고, 하프 파이프로 향하려던 순간 빗을 든 엄마가 케일럽의 길을 가로막았어요.

"머리 좀 빗어라!"

엄마가 소리쳤어요.

"좀 이따가 우리 집에 손님이 오실 거란다."

"안 돼요!"

케일럽이 머리를 긁으며, 소리쳤어요. 머리를 감지 않아 기름져 버린 머리카락을 케일럽은 소중히 생각했어요. 기름 때문에 두껍게 꼬인 머리카락은 큰 빵 같은 모양을 하고 있었어요. 하지만 케일럽은 절대 머리카락을 빗지 않았고, 최근에는 머리가 살짝 간지럽기까지 한 것 같았어요.

스케이트 공원에 나간 케일럽은 그만 중심을 잃어 파이프 안쪽으로 넘어졌고, 콘크리트에 머리를 박았어요. 머리에선 피가 흘렀어요. 케일럽은 집으로 전화를 했어요. 엄마는 곧바로 케일럽을 데리고 응급실로 갔어요.

"케일럽, 미안하지만 네 머리카락을 잘라야 해."

의사 선생님이 말했어요.

"네 뒤통수에 상처가 나 적어도 스무 번은 바느질을 해야 하거든."

케일럽은 뾰로통했지만, 엄마는 웃음을 참을 수가 없었어요.

의사 선생님이 케일럽의 엉킨 머리카락을 자르기 시작했을 때였어요. 다리가 얇고, 긴 흑색과부거미가 케일럽의 머리카락에서 기어 나왔어요. 거미가 의사 선생님의 팔에 올라타자, 의사 선생님은 들고 있던 면도기로 거미를 쳐 냈어요.

그러자 케일럽의 머리카락에서 더 많은 거미가 나왔고, 어느새 수술실은 꿈틀거리며 기어 다니는 거미들로 가득 찼어요. 간호사들은 비명을 지르며 방에서 도망쳤어요.

케일럽이 머리카락 속으로 손을 집어넣자, 이미 부화한 수천 개의 거미알이 머리카락 속에서 나왔어요.

33 깊은 곳의 생물
공포 점수

"시합하자!"

저는 카약에서 노를 저으며 깊은 바다로 나가며 말했어요. 데이브 형이 미끄러지듯이 제 옆을 지나쳤어요. 형은 저보다 노질을 잘했어요. 모든 것을 저보다 잘해요. 정말로요.

"얼른 와, 케빈. 더 멀리 나가 보자."

앞서 나가던 데이브 형이 소리쳤어요. 우리는 해변에서 꽤 멀리 나와 있었기 때문에, 해안에 있는 인명 구조원의 의자가 마치 작은 얼룩처럼 보였어요. 저 멀리 보이는 의자는 생각보다 많이 치우쳐 있었어요. 우리가 강한 해류에 휩쓸리고 있었나 봐요.

"데이브! 기다려 봐! 우리 너무 멀리 왔어!"

저는 형을 불렀어요.

그 순간, 거대한 지느러미가 물살을 가르며 나타났고, 맥박이 빠르게 치솟기 시작했어요. 아마 그냥 돌고래일 거예요. 이곳에는 돌고래 수백 마리가 살고 있거든요. 그렇다고 해도 저는 해변으로 돌아가고 싶었어요. 시간도 꽤 늦은 데다가, 금방 비가 올 것 같았어요.

그때 카약이 한쪽으로 기울어지면서, 제 몸이 차가운 물에 닿는 것 같았어요.

"장난치지 마, 데이…"

무언가가 저를 탁한 물속으로 잡아당겼고, 저는 물을 잔뜩 먹고는 꼬르륵댔어요. 그 무언가는 저를 인형처럼 좌우로 마구 흔들어 댔어요. 제 팔에선 심한 통증이 느껴졌고요. 공포에 휩싸인 채 저는 물속에서 몸을 비틀었어요. 제 눈앞에는 거의 2미터쯤 되는 엄청나게 큰 백상아리가 있었어요! 꼬르륵. 저는 물속에서 비명을 질렀고, 까맣게 반짝거리는 상어의 눈알을 찌르려고 했어요.

상어가 저를 수면 위로 끌어당겼어요. 수면으로 올라온 저는 가쁘게 숨을 들이쉬었어요.

"도와줘!"

저는 허우적대며 소리 질렀어요.

데이브가 잡고 있던 노로 상어의 머리를 세게 때렸어요. 상어가 입을 열어 날카로운 이빨을 보인 순간, 데이브가 제 손을 잡고 카약 안으로 끌어당겼어요. 그러고는 해안 쪽을 향해 빠르게 노를 저었어요.

저는 상어에 물린 팔을 차마 쳐다보지 못했고, 가쁘게 숨만 몰아쉬며 울고 있었어요. 저는 두 눈을 질끈 감고는 셋을 센 뒤, 팔을 쳐다보았어요.

다행히 제 팔은 말짱했고, 노를 세게 잡은 손만 하얗게 질려 있었어요. 하지만 제 노에는 크고 들쭉날쭉한 이빨로 깨문 자국이 선명하게 나 있었죠.

34 거미에 물린 상처

공포 점수 💀💀💀

유카가 깜깜한 어둠 속을 손전등으로 비추며, 동굴 안쪽으로 걸어 들어갔어요. 좁은 공간으로 들어가자 유카의 주변으로 박쥐 떼가 날아들었어요. 유카는 새로운 장소를 탐험하는 것을 좋아했어요. 그중에서도 소름 끼칠 정도로 오싹한 장소를 좋아했지요.

동굴 안으로 들어가던 중, 유카는 끈적거리는 거미줄에 부딪쳤고, 머리 위로 거미가 떨어지는 것을 느꼈어요. 그 순간 유카가 비명을 질렀고, 비명 소리는 동굴 벽에 부딪쳐 메아리쳤어요. 유카는 거미를 정말 싫어했거든요!

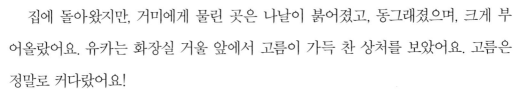

유카가 방방 뛰며, 필사적으로 거미를 털어 내려고 했어요. 그때 유카의 볼로 날카로운 송곳니가 들어가는 게 느껴졌어요. 유카는 다시 비명을 내질렀고, 자신의 얼굴을 찰싹 때리고는 지끈거리는 볼을 부여잡고 동굴 밖으로 달음박질쳤어요.

집에 돌아왔지만, 거미에게 물린 곳은 나날이 붉어졌고, 동그래졌으며, 크게 부어올랐어요. 유카는 화장실 거울 앞에서 고름이 가득 찬 상처를 보았어요. 고름은 정말로 커다랬어요!

슬픈 표정으로 고름을 보던 유카는 고름이 움직인 걸 두 눈으로 목격했어요. 고름 안 무언가가 유카의 피부 밖으로 나오려고 했어요!

그 순간 고름이 터지더니, 수백 마리의 작은 거미가 온 얼굴을 기어 다녔어요. 유카가 비명을 지르며 거미들을 떨어뜨리려고 노력했으나 소용이 없었어요. 작은 거미들은 정신없이 유카를 물어뜯었고, 유카의 피부 여기저기에 수많은 구멍이 났어요.

35 새끼 박쥐

공포 점수

링의 방 안에서 뭔가를 긁는 듯한, 이상한 소리가 났어요. 태블릿 게임에서 나는 소리는 아니었어요. 주변을 살펴보던 링은 창문에서 나는 소리인가, 하고 생각했어요. 다시 게임을 시작하자 긁는 듯한 소리가 더욱 크게 났어요.

"알았어, 알았어."

링이 한숨을 쉬었어요. 그러고는 침대에서 나와 창문으로 다가갔어요. 아마도 여동생 메이가 링에게 겁을 주려고 장난치는 걸 거예요.

링이 창문을 열자, 작고 검은 털 달린 동물이 날개를 다친 채 있었어요. 보기에 박쥐인 듯했었요. 너무 귀여웠어요!

링은 부모님한테 비밀로 한 채, 박쥐를 돌보기로 마음먹었어요. 여동생 메이도 비밀을 지키기로 약속했어요. 두 사람은 함께 박쥐에게 침대를 만들어 주었고, 부러진 날개에 붕대를 감아 줬어요. 몇 주 뒤, 박쥐는 다친 곳을 회복했고 방 안을 날아다녔어요!

그런데 어느 날 아침, 잠에서 깬 링은 베개에 피가 묻어 있는 걸 발견했어요. 바로 거울로 달려가 머리카락을 들어 올려, 목덜미를 살펴봤어요. 링은 목덜미에 난 두 개의 작은 자국을 발견하고는 눈이 휘둥그레졌어요.

박쥐는 침대에서 곤히 잠자고 있었는데, 평소보다 배가 부풀어 오른 것 같았어요. 아니, 잘 보면 가득 차 있는 것만 같았어요.

아침 햇살이 창문을 통해 흘러들었어요. 햇살이 링의 피부에 닿자마자, 피부가 타올랐어요. 링은 하루 종일 블라인드를 친 채 어둠 속에 머물러 있었고 메이와 놀지도 않았어요.

그날 밤 링은 깜짝 놀라, 잠에서 깨 똑바로 앉았어요. 링의 이빨이 입보다 크게 자라나 두 개의 날카로운 어금니가 되어 있었어요.

링은 여동생이 곤히 자고 있는 방으로 기어 들어갔어요. 메이는 더 이상 곤히 잘 수 없겠죠.

무섭지만 사실이에요!

2017년 남미의 브라질에서 한 사람이 광견병에 걸린 흡혈 박쥐에게 물려 죽었고, 그 후로 40명이나 되는 이들이 박쥐에게 물렸다고 해요. 피에 굶주린 박쥐들은 대개 동물 피를 먹지만 그들의 생태계가 파괴되고 나서는 인간을 물기 시작했어요.

36 개구리의 복수

공포 점수 💀💀💀

　오늘 블레이크가 듣는 과학 수업에서 개구리 해부를 할 예정이었어요. 콴 선생님은 이미 죽은, 작은 개구리를 해부용 접시에 담아 학생들 앞에 놓아 주었어요. 그러고는 해부할 때 무엇을 해야 하고, 또는 하지 말아야 하는지도 알려 주었어요.

　블레이크는 시작부터 토할 것 같았지만, 마지못해서 실험 안경을 쓴 뒤 메스를 들어 선생님이 가르쳐 준 대로 개구리 입을 잘랐어요. 정말로 토할 것 같았어요. 블레이크는 동물을 사랑했었고, 아무리 해부 수업이라 해도 동물을 칼로 자르고 싶지 않았어요!

　"나, 이거 진짜 하기 싫어."

　블레이크가 책상 맞은편에 앉아 있는 친구 제스에게 속삭였어요. 제스는 개구리를 뒤집어, 개구리의 다리를 핀으로 고정시켰어요.

　"정말? 나는 재미있는데."

　제스가 미소 지으며 말했어요.

　"이리 줘 봐, 내가 네 것까지 해 줄게."

　방과 후에, 블레이크와 제스는 집 근처 연못으로 나갔어요. 제스는 또 다른 개구리를 잡아 집에서 해부해 보고 싶어 했어요. 블레이크는 몸서리쳤어요.

73

"그거 알아? 바늘로 개구리 뇌를 찌르면 개구리가 순식간에 죽는대."

제스가 웃으면서 말했어요. 가끔씩 블레이크는 제스와 자신이 어떻게 친구가 되었는지 의문이 들었어요.

제스는 그물망으로 작은 초록색 개구리를 잡기 위해, 연못 쪽으로 몸을 기울였고 그 순간 연못에서 화장실 냄새가 훅 올라오면서 공기 방울이 보글보글 오르기 시작했어요. 연못 속에 있는 뭔가가 제스의 그물망을 비틀어 버렸고, 제스는 그만 연못에 빠져 버렸어요.

블레이크는 냄새나는 연못으로 들어가 제스를 찾으려고 했지만, 제스는 사라지고 없었어요. 그때 블레이크는 자신의 옆으로 움직이는 뭔가를 느꼈어요. 시선을 돌리자, 연못 위로 제스의 빨간 티셔츠가 둥둥 떠다니고 있었어요. 그 티셔츠 안에서 개구리가 한 마리가 나왔고, 개구리는 무언가를 외치듯 귀청이 떨어질 듯이 울기 시작했어요.

CHAPTER 5

한밤중의 조우

37 귀신 들린 내비게이션

공포 점수 💀💀💀💀

"이건 얼마예요?"

리치가 회색 자동차를 살펴보며, 판매업자에게 물었어요.

"5,000달러예요. 더 이상은 못 깎아드려요."

자동차 판매업자가 말했어요.

"이봐요. 꽤 오랫동안 차를 봤잖아요. 이제 날도 어두워졌어요. 차를 사려는 거예요? 안 사려는 거예요?"

"4,500달러는 어때요?"

리치가 흥정을 시도했어요.

"좋아요."

리치와 악수를 하면서, 자동차 판매업자가 대답했어요.

"마지막으로 한 가지만 말씀드릴게요."

그는 이렇게 말했어요.

"이 차는 패츠 맥피의 것이었어요."

리치는 그게 무슨 상관이냐는 듯이 어깨를 으쓱했어요. 패츠 맥피는 살인을 저지른 갱으로, 최근에 죽었어요. 근데 누가 그런 걸 신경 쓰나요?

리치는 헐값에 차를 샀고, 차의 전 주인이 갱이었다는 것도 멋진 이야기가 될 수 있는 걸요. 뭐, 소문에 의하면 패츠는 범행을 저지르는 데에 이 차를 자주 사용했다고 해요. 심지어 몇몇 피해자의 DNA가 발견되기도 했지만 시체를 찾지 못했던 경우도 있었어요. 마지막 시체까지 말이에요.

새 차에 탄 리치는 부드러운 가죽 시트 위에 앉아, 헤드라이트를 켰어요. 밖은 이미 어둠이 내렸고, 리치는 마을 주변 지리를 몰라 내비게이션을 켜고 집으로 향했어요.

리치가 고속 도로 위를 달릴 때, 갑자기 운전대가 왼쪽으로 꺾였고 그 상태로 낯선 길로 가게 되었어요. 자동차 바퀴가 제멋대로 움직이고 있던 거예요! 리치는 계속해서 브레이크를 밟았지만, 차는 멈추지 않았어요. 오히려 속도가 빨라졌어요.

자동차는 급커브 길을 지나 어둑어둑한 길로 들어섰어요. 리치는 문을 열고 뛰쳐나가려고 했지만 문이 잠겨 있었어요. 잠금 해제 단추를 세게 눌러 보았고, 브레이크도 꽉 밟아 보았지만 자동차가… 혹은 패츠 맥피가… 자동차를 조종하고 있었어요.

"목적지에 도착했습니다."

내비게이션의 기계 음성이 말했어요.

"그레이우드시 공동묘지."

벌컥, 자동차 문이 열리자마자 리치는 두려움에 몸을 떨며, 어둠 속으로 기어갔어요. 리치는 앞이 보이지 않는 어둠 속으로 무작정 내달렸고, 최대한 귀신 들린 차에서 멀어지려고 애썼어요. 그 순간, 발이 허공에서 휘적거렸고 리치는 묘지에 있는 깊은 구멍으로 굴러떨어졌어요.

그러고는 흙 한 삽이 리치의 위로 떨어졌어요. 마치 시체를 묻으려는 듯이 말이에요.

38 엄마, 엄마예요?

공포 점수 💀💀

어느 늦은 밤, 엄마의 다락방 서재에서 들려오는 노랫소리에 저는 잠에서 깨어났어요. 엄마가 쓰는 흔들의자의 삐걱거리는 소리가 났어요. 저는 비틀대며, 침대에서 나왔고 살금살금 복도를 지나 다락방으로 올라가는 가파른 계단으로 향했어요. 그러자 엄마의 고운 목소리가 더욱 선명하게, 크게 들렸어요. 엄마는 제가 한 번도 들어 본 적 없는 옛날 노래를 불렀어요.

"엄마아?"

저는 계단 위로 엄마를 불렀어요.

"왜애애애?"

엄마가 노래로 답해 주었어요.

엄마 무릎에 누울 생각에, 저는 미소를 띠우며 계단을 올라갔어요. 오늘 밤은 핫초코를 마시면서 엄마랑 같이 난로 옆에서 잘 수 있을 것 같아요. 제가 방으로 들어가려고 문손잡이를 잡았을 때, 복도에서 발소리가 들렸어요.

엄마의 슬리퍼 소리였어요!

"애야, 이렇게 늦게 거기서 뭐 하니?"

엄마가 복도 아래에서 절 불렀어요.

저는 깜짝 놀라, 다락실 문에서 떨어졌

고 계단 아래로 달려 내려가 엄마 가운에 얼굴을 파묻었어요.

저는 다시 계단 위를 올려다봤어요. 그때, 계단 위에 있던 방문이 조금 열리더니 마치 죽은 사람의 손 같은, 하얗고 가는 손이 스르륵 나왔어요.

처음 보는 늙은 여자가 거기서 절 보고 있었어요.

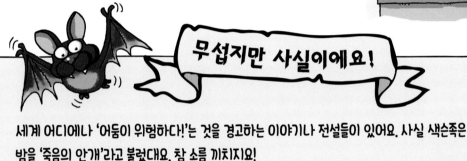

무섭지만 사실이에요!

세계 어디에나 '어둠이 위험하다!'는 것을 경고하는 이야기나 전설들이 있어요. 사실 색슨족은 밤을 '죽음의 안개'라고 불렀대요. 참 소름 끼치지요!

39 침묵 뒤에 오는 공포

공포 점수

모두가 잠든 시각, 디미트리는 엄마의 팔을 부여잡으며 "전 아직 졸리지 않아요!"라고 하며 칭얼대고 있었어요.

엄마는 디미트리 눈 주변의 다크서클을 걱정하면서 한숨을 쉬었어요. 그러고는 디미트리의 머리를 쓰다듬었어요. 새집으로 이사 온 후부터 디미트리는 악몽에 시달렸어요.

"디미트리, 매일같이 이러면 어쩌니. 너는 잠을 자야 해."

"하지만 어둠 속에서 괴물들이 나온다고요. 제발, 제발 불을 끄지 말아 주세요."

"괴물 같은 것은 없단다."

엄마가 말했어요.

"있어요!"

엄마는 디미트리를 침대로 밀어 넣고는 불을 껐어요.

"좋은 꿈꾸렴."

엄마가 문을 닫으며 말했어요.

"바로 밖에 있을 테니, 필요하면 부르렴."

디미트리는 무릎을 가슴 쪽으로 한껏 당겨 웅크린 채, 어둠 속에서 눈을 깜빡였어요.

고요의 시간이 왔어요. 괴물들은 늘 고요 뒤에 나타나요.

거친 숨소리와 함께, 카펫을 따라 소름 끼치는 발톱 소리가 다가와요. 침대 밑에 있는 괴물은 매트리스를 마구 밀어 디미트리가 침대에서 떨어질 뻔하게 했어요. 괴물들이 방 안을 돌아다니면서 물건들을 던질 때마다 디미트리는 혼자 훌쩍였어요.

"저리 가! 너희들은 진짜가 아니야."

디미트리가 속삭였어요. 아주 천천히 옷장 문이 열렸고, 디미트리는 어둠 속에서 무서운 그림자를 보았어요. 그것에게는 날카로운 이가 있었고, 초록색 눈을 번뜩였어요. 그것은 조금씩 조금씩 디미트리에게 다가오고 있었어요….

디미트리가 비명을 질렀고, 그때 엄마가 방

안으로 뛰어 들어와 불을 켰어요. 충격을 받은 엄마는 방 안 곳곳을 둘러보았어요. 디미트리 방의 모든 장난감이 어질러져 있었고, 카펫은 갈기갈기 찢어져 있었어요.

"디미트리! 네가 이랬니?"

"아니에요, 엄마. 괴물들이 그랬어요."

디미트리가 두려움에 덜덜 떨며 말했어요.

"또다시 괴물 얘기라니."

엄마가 말했어요.

"이 세상에 괴물은 없어."

디미트리는 비늘로 뒤덮인 끈적한 꼬리가 침대 밑으로 잽싸게 들어가고, 에메랄드 빛 눈이 옷장 안으로 들어가는 것을 보면서 고개를 끄덕였어요.

40 자정에 하는 놀이

공포 점수 💀💀💀💀

"지미, 일어나!"

여동생 시모네가 저를 찌르며, 속삭였어요.

"시간이 됐어."

저는 반쯤 감긴 눈을 비볐어요. 이제부터 우리는 '자정에 하는 놀이'라는 걸 할 거예요. 요즘 학교에서 이 놀이가 유행이에요. 우리
는 우리 두 사람의 이름을 종이에 적고는 피를 조
금 넣었어요. 그러고는 부모님이 깨지 않도록 현관
문으로 살금살금 갔어요. 시모네는 현관문 뒤에
종이를 둔 다음, 촛불을 켰어요.

"지금?"

저는 속삭였어요.

"아직 아니야."

시모네가 시계를 보며 말했어요. 시계가 자정을
가리키자 시모네는 고개를 끄덕였어요. 저는 긴장에 가득 차 숨을 크게 들이쉬고는
문을 22번 노크했어요. 시모네가 현관문을 열고 촛불을 껐어요. 그리고 문을 닫은 뒤,
다시 촛불을 켰어요. 놀이의 규칙에 따르면 이 작은 불빛이 악마에게서 우리를 지켜
주는 보호막 같은 것이라고 해요. 우리는 이제 이 어두운 밤 속에서 살아남아야 해요.

"오, 맙소사."

시모네가 긴장한 웃음을 짓고는 속삭였어요.

"우리는 지금 '한밤중의 남자'를 집으로 초대한 거야."

시모네의 두 눈에 공포가 가득했어요. 우리는 어둠 속에 잠긴 집 안을 조심조심
돌아다니며, 벽에 비치는 그림자가 움직이지 않는지 관찰했어요. 그리고 소파 뒤에
숨어, 둘 사이에 촛불을 내려놨어요. 집 안은 고요했고, '한밤중의 남자'가 나타날
낌새는 없었어요. 저는 시모네의 어깨에 기대어 꾸벅꾸벅 졸기 시작했어요.

"지미, 잠들면 안 돼!"

시모네가 말했어요.

"그 남자가 널 데려갈 거야."

그때 갑자기 바람이 불었고, 촛불이 훅 하고 꺼졌어요. 시모네의 눈이 공포로 커졌어요.

"그 남자가 왔어."

시모네가 속삭였어요. 시모네가 다시 촛불을 켜려고 주변을 더듬거리는 동안에 방 안이 매우 추워졌어요. 저는 소금을 들어, 우리 주위에 삐뚤빼뚤한 원을 그렸어요. 이 소금은 '한밤중의 남자'에게서 우리를 지킬 수 있는 마지막 방법이에요. 도대체 우리는 왜 이런 놀이를 시작했을까요?

그때 현관문이 삐걱 소리를 내며 열렸고, 저는 소파 주변을 흘끗 봤어요. 그리고 바로 머리 위에 '한밤중의 남자'의 모습이 어렴풋이 보였어요.

*이 이야기는 토속 신앙을 기반으로 한 밤샘 파티의 놀이인 '자정에 하는 놀이'를 각색했어요.

41 재미있는 상자

공포 점수 🕱🕱🕱

"2달러입니다."

제레미가 말했어요. 저는 돈을 냈지요. 친구 제레미는 기분 나쁜 끈적끈적한 물

체를 넣은 상자를 만들어 매년 학교
핼러윈 밤 축제에 전시했어요. 제레
미가 만든 상자는 '무서운 촉감 상
자'였는데, 상자 안에 손을 넣고
만져 보는 것이었어요.

"좀비 뇌를 조심하세요!"

제가 어두운 상자 안으로 손을 집
어넣자, 제레미가 즐겁게 말했어요.

첫 번째 상자에는 '정맥과 벌레들'이라
고 적혀 있었어요. 저는 망설이다가 끈적이는
줄들 사이로 손을 집어넣었어요…. 제 생각엔 이건
삶은 스파게티 면 같아요!

그다음은 '눈알' 상자였어요. 저는 껍질이 벗겨진 포도를 한 움큼 상자에서 꺼냈
어요. 좋은 시도였어, 제레미.

그리고 그다음인 '심장' 상자로 갔어요. 상자 안엔 질퍽거리고, 부드럽고, 동그란
것이 있었어요. 끓인 토마토였어요. 으악!

무서운 촉감의 상자들은 갈수록 역겨워지고 있었어요. '좀비 뇌'는 실제로는 비
눗물에 적신 스펀지였고, '썩은 애벌레와 벌레들'은 쌀과 건포도였어요.

마지막 상자는 '서프라이즈'였어요.

이상하네요.

저는 상자 속에 넣은 손을 이리저리 움직여 보았어요. 아무것도 없었어요. 그냥
속임수네요. 공기밖에 없어요.

그때 갑자기, 상자 안에서 어떤 손이 저를 강하게 잡아당겼어요. 그 덕에 제 팔이

겨드랑이까지 상자 안으로 들어갔어요. 저는 꽉 조여 오는 손길에서 벗어나려고 안간힘을 썼고, 간신히 손을 빼낼 수 있었어요.

저는 손목에 난 빨간 자국을 문지르면서 텐트에서 달려 나갔어요.

"제레미, 마지막 상자는 정말 최고의 속임수였어!"

저는 요동치는 심장을 진정시키고는 말했어요.

"무슨 소리야?"

제레미가 어리둥절해하며 물었어요.

"상자 속에 있었던 손 말이야."

저는 말했어요.

"정말 무서웠어! 그건 누구였어?"

제레미가 혼란스러운 듯 고개를 가로저었어요.

"무슨 손을 말하는 거야?"

무섭지만 사실이에요!

과학적 연구에 따르면, 사람들은 밝은 방에 있을 때보다 어두운 방에 있을 때 거짓말하는 경향이 있다고 해요! 그러니 만약 형제자매가 여러분의 물건을 가져갔다고 하면 불을 켜고 물어보도록 해요!

85

42 달빛 아래에서의 춤

공포 점수 💀💀💀

"모르는 사람에게 절대 말 걸지 말고, 곧장 집으로 가렴."

데릭이 낄낄 웃으면서 문을 닫았어요. 밤늦게까지 친구들과 함께 무서운 영화를 본 스탠은 조마조마한 마음으로 조용한 거리를 걸으며 집으로 향했어요. 거리는 칠흑처럼 어두웠어요. 스탠은 핸드폰으로 손전등 앱을 켜, 앞을 비추며 걸어갔어요.

그때 길 건너에서 한 남자가 이쪽으로 걸어오고 있었어요. 스탠은 눈을 가늘게 뜬 채, 남자를 유심히 쳐다봤어요. 잠시만, 저 사람… 춤을 추고 있네요?

키가 크고, 마른 이 남자는 아주 우아하게 왈츠를 추면서 스탠 쪽으로 오고 있었어요. 남자는 빛이 바랜 주름진 턱시도를 입고 있었어요. 그 남자는 스탠이 있는 쪽의 인도로 건너왔고, 가로등 빛이 남자의 얼굴을 잠시 비추었어요.

그 순간 스탠은 자리에서 굳고 말았어요. 남자가 머리를 젖힌 채, 밤하늘을 바라보고 있었고 눈도 아주 크게 치켜뜨고는 만화 캐릭터 같은 행복한 미소를 짓고 있었어요.

스탠은 재빠르게 길을 건너, 춤추는 남자와 최대한 멀리 떨어지려고 했어요. 길을 건너간 스탠은 뒤돌아보고는 안심했어요. 그 남자는 이미 없어졌거든요.

다시 시선을 발치로 옮긴 그때, 스탠은 걸음을 멈추었어요. 춤추는 남자가 바로 앞, 나무 울타리 안에서 쭈그리고 앉아 있었거든요. 어떻게 이렇게 빨리 저기까지 갔을까요?

바로 그때, 남자와 시선이 마주쳤고 그 남자는 수풀 속에서 뛰어나와 멍청한 괴물 같은 미소를 지으며, 스탠을 향해 전속력으로 달려왔어요.

* 이 이야기는 도시 전설 '웃는 남자(The Smiling Man)'를 각색했어요.

43 어둠 속에서 벌어진 일

공포 점수 💀💀💀💀

"아직 멀었어요?"

저는 투덜투덜거렸어요. 엄마는 헤드라이트를 켠 채 아주 좁고, 어둡고, 낯선 길을 운전하고 있었어요.

우리는 할머니 댁에 갔다가 집으로 돌아가는 길이었어요. 할머니는 시내에서 수백 킬로미터나 떨어져 있는 시골에서 사세요. 엄마는 낯선 길 때문에 스트레스가 쌓이는지 손잡이를 더 단단히 움켜쥐었어요.

"길을 잘못 든 것 같아."

엄마가 터널 앞에서 차를 멈췄어요.

"우리 길을 잃어버렸어."

엄마는 불만스러운 한숨을 내쉬었어요.

"그리고 여기는 인터넷도 안 되는 모양이야. 내비게이션도 쓸 수가 없어."

차를 돌리기에는 길이 너무 좁았기 때문에, 엄마는 터널 속으로 천천히 차를 몰았어요. 그런데 터널 안으로 들어서자마자 헤드라이트가 깜빡이더니 그만 꺼져 버렸고, 그 순간 뒷 범퍼를 쾅 하고 세게 치는 소리가 났어요. 저는 뒤를 돌아보았지만, 뒤에는 차가 단 한 대도 없었어요. 뭐가 우리를 친 것일까요? 터널 안에는 우리밖에 없었거든요.

쾅! 쾅! 쾅!

어둠 속에서 무엇인가가 우리 차를 마구 치기 시작했어요. 좌석도 마구 흔들렸고요. 조금 지나, 헤드라이트에 불빛이 약하게 들어왔고, 엄마는 액셀을 밟았어요.

우리는 길고 길게 느껴졌던 그 순간에서 벗어나 터널 출구로 나갔고, 근처에 있는 주유소로 향했어요.

엄마와 저는 터져 버릴 것 같은 심장을 가라앉히지 못한 채, 차에서 내려 서로를 끌어안았어요.

그리고 차에 난 손자국을 본 순간 무서워 몸이 얼어 버렸어요. 창문 곳곳에, 빈틈이 없을 정도로 손자국이 덕지

덕지 묻어 있었어요.

차에 난 손자국을 닦아 내기 위해, 몇 번이고 비눗물이 담긴 통에 롤러를 집어넣었어요.

"손자국이 닦이질 않아요."

저는 엄마에게 말했어요.

"이것들은 차 안에서 묻은 거예요."

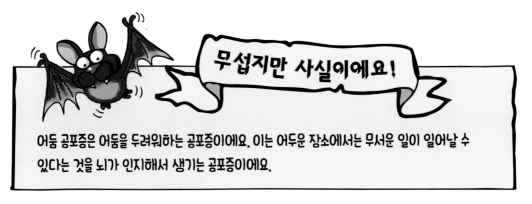

무섭지만 사실이에요!

어둠 공포증은 어둠을 두려워하는 공포증이에요. 이는 어두운 장소에서는 무서운 일이 일어날 수 있다는 것을 뇌가 인지해서 생기는 공포증이에요.

44 창문 밖의 남자

공포 점수 💀💀💀💀💀

클라라는 어린 남동생 펠릭스와 집을 지키고 있었어요. 티비를 보면서요. 밤은 깊었고, 잠이 오기 시작했지만 클라라는 부모님이 돌아오실 때까지 기다리고 싶었어요.

창밖에 내리는 눈을 보려고 클라라는 티비 뒤 유리창을 보았어요. 하지만 클라라가 발견한 것은 눈이 아니었어요.

클라라는 날카로운 비명을 내질렀어요. 두꺼운 유리창 너머로 후드를 뒤집어쓴

남자가 클라라를 지켜보고 있었
어요.

그 남자의 손에는 칼이 번뜩
이고 있었어요.

클라라는 재빠르게 전화기를
찾아, 경찰과 부모님에게 전화했
어요. 경찰이 도착하자마자, 소복
이 쌓인 눈 위에서 발자국을 찾으려
고 노력했어요. 하지만 문밖에는 아무것
도 없었어요.

"하지만 저기 있었단 말이에요!"

클라라가 주장했어요. 경찰은 혼란스러워
하며 집 안으로 들어왔고, 그때 세탁실 문에
서부터 클라라가 앉아 있던 소파까지 쭉 이어진, 젖은 발자국을 발견했어요.

클라라의 아빠가 경찰과 서로 불안한 눈길을 주고받았고, 아빠는 클라라를 아
주 강하게 끌어안았어요.

"클라라, 넌 정말 운이 좋구나."

경찰이 말했어요.

"왜요?"

클라라가 물었어요. 그 남자를 본 게 너무나도 무서워 전혀 운이 좋았다고 생각
하지 않았거든요.

"너를 지켜보던 남자는 눈 위에 서 있었던 것이 아니란다."

경찰이 말했어요. 그러고는 양탄자 위에 난 젖은 발자국을 손가락으로 가리켰어요.

"그 남자는 소파 뒤에 서 있었던 거야. 네 바로 뒤에 말이야! 네가 본 건 거울에 비친 그 남자의 모습이었단다."

* 이 이야기는 도시 전설 '살인자의 모습(The Killer's Reflection)'을 각색했어요.

45 몽유병과 소녀의 영혼

공포 점수 💀💀💀

"일어나면 안 돼. 일어나면 안 돼."

어디선가 소녀의 부드러운 노랫소리가 들렸어요. 저는 소녀의 작고, 창백한 손에 이끌려 따뜻한 침대 밖으로 나왔어요. 마치 최면에 걸린 듯, 소녀의 달콤한 목소리

를 따라 어두운 복도를 걸어갔어요.

"이쪽이야. 무서워하지 마."

소녀는 현관문을 열면서 속삭였어요. 우리는 얼음같이 차고, 어두운 바깥으로 나갔지요. 저는 겉옷을 입지 않았고, 신발도 신지 않은 채로 길을 걸었어요. 꽁꽁 얼어붙은 길을 걷자 발이 무척 아팠지만 고통은 저 멀리, 안개 너머 다른 사람에게 일어나는 것처럼 느껴졌어요.

"빨리 와!"

소녀가 소리치면서, 저를 숲속으로 끌어당겼어요. 숲속은 안개가 자욱했고, 저는 간신히 주변 나무들을 볼 수 있었어요. 여긴 어디지?

"여기야! 빨리 와!"

저 아래, 어딘가에서 소녀가 소리쳤어요. 저는 너무 힘들어 잠깐 숨을 돌리기 위해, 그 자리에 멈춰 섰어요. 그러자 제 발 주변에 있던 안개가 걷혔어요.

제 발은 높은 절벽의 끝에 걸쳐져 있었어요.

저는 움직일 수도 없었고, 숨을 쉴 수도 없었어요. 만약 아주 조금이라도 움직인다면, 저는 수백 킬로미터 아래에 있는 날카로운 바위들 위로 떨어질 것만 같았어요.

그때 누군가 제 어깨를 잡고, 절벽 끝에서 끌어당겼어요.

"얘야, 거기서 뭐 하는 거니?!"

아빠가 말했어요.

"몽유병 때문에 여기까지 나온 거니?"

아빠가 제 어깨에 겉옷을 걸쳐 주었고, 집으로 데리고 가려고 할 때였어요. 저는 절벽 아래에서 울려오는 소녀의 목소리를 들었어요.

"잠들지 마."

소녀가 말했어요.

"내가 기다릴 테니까…"

무섭지만 사실이에요!

'야경증'은 공포에 질린 채, 비명을 지르면서 잠에서 깨는 수면 장애예요! 주로 잠이 얕게 든 한 시간 안에 일어나요.

CHAPTER 6

무섭지만 웃긴 이야기들

46 누가 그랬어?

"좋아! 골이다! 잘한다, 타이탄즈!"

저는 소파에서 일어나 승리의 닭춤을 추었고, 친한 친구 타이리는 뾰로통해져 있었어요.

"으으으! 말도 안 돼!"

타이리가 주먹으로 힘껏 쿠션을 내리치면서 말했어요.

"레이더즈가 또 지다니… 믿을 수가 없어."

타이리가 말했어요.

"난 믿겨지는데."

저는 말했어요.

그때, 끔찍한 달걀 냄새가 제 코를 찔렀어요. 그 악취 때문에 제 뇌가 탈 것만 같았어요.

"아, 으악! 야, 이거 네가 그랬어?!"

저는 코를 움켜쥔 채, 타이리에게 물었어요.

"아니!"

타이리는 얼굴을 구기며 말했어요.

"방귀 뀐 놈이 성낸다더니! 네가 그랬구나!"

"난 아니야."

저는 맹세했어요.

"그럼 누가 그랬는데?"

타이리가 물었어요. 그 순간, 방구석에서 트럼펫 같은 소리가 길게 났어요. 그리고 지독한 바람에 커튼이 가볍게 흔들렸지요.

하지만 거기에는 아무도 없었어요.

그 지독한 냄새가 더 나기 전에, 우리는 다급히 방을 빠져나왔어요.

"귀신의 방귀 냄새인가 봐!"

타이리가 말했어요. 저는 부엌 찬장을 살살이 뒤져 분무기를 찾아 귀신을 상대하기 위해 다시 계단을 내려갔어요.

"그게 뭐야? 귀신 퇴치제야?"

타이리가 물어오자, 저는 분무기에 든 액체를 시험 삼아 제 앞에 뿌려 보았어요.

"아니, 방향제야!"

웃기지만 사실이에요!

루마니아의 변호사 마달린 시큐레스큐는 자신의 집에서 방귀 뀌는 악마를 쫓아내지 못했다는 이유로 사제를 고소했어요! 악마의 방귀 냄새를 맡았다는 마달린의 주장은 법원에 의해 기각됐어요.

47 쫓아오는 관

휘몰아치는 차가운 바람에 낙엽이 휘날리던 오후, 니콜은 밴드 연습이 끝나고 빠른 걸음으로 공동묘지 옆을 지나며 집으로 가고 있었어요.

그때 등 뒤에서 쿵 하는 소리가 들렸고, 그 소리에 니콜은 깜짝 놀랐어요. 소심하게 뒤를 돌아본 니콜은 충격적인 장면을 목격했어요. 꼿꼿하게 선 관 하나가 공동묘지에서 탈출해, 니콜의 뒤를 쫓아오고 있던 거예요.

니콜은 집을 향해 뛰었어요. 관은 쿵쿵 소리를 내며 뚜껑을 바람에 펄럭이면서 점점 가까이 다가왔어요⋯. 니콜이 더듬더듬 열쇠를 찾았고, 집 안으로 들어가자마자 현관문을 쾅 닫아 버렸어요. 그러고는 화장실로 뛰어 들어가 문을 잠갔지요. 무거운 관은 현관문과 화장실 문을 몽땅 부수고 들어왔어요. 니콜은 더 이상 도망칠 곳이 없었어요.

니콜은 자신을 보호하고자 필사적으로 손에 잡히는 것을 아무거나 잡았고, 그때 손에 걸린 감기 시럽을 나무관에 던졌어요.

그러자 관이 더 이상 쫓아오지 않았어요.

48 벽장 속의 해골

"테리 삼촌, 저 이제 정말 지쳤어요. 오늘은 제발 여기까지만 하면 안 돼요?"

저는 테리 삼촌에게 물었어요.

테리 삼촌은 집을 수리해서 팔려고 계획하고 있어요. 저는 몇 시간 동안이나 테리 삼촌을 도와 낡은 아파트를 수리했고, 제 팔은 점점 아파 오기 시작했어요.

"이제 할 일이 딱 하나 남았어."

삼촌이 말했고, 저는 끙 하고 앓는 소리를 냈어요.

삼촌은 낡은 벽난로를 뜯어내려고, 저를 먼지투성이 방으로 데리고 갔어요. 이미 지쳐 버린 저는 벽난로 선반에 몸을 기댔어요. 그러자 벽난로 선반이 무너져 내렸고, 저는 벽장 속 숨은 공간으로 넘어져 버리고 말았어요. 그리고 그 안에 있던 해골의 무릎 위로 눕고 말았어요! 그 바람에 해골의 앙상한 팔이 제 어깨로 떨어졌고, 저는 그만 비명을 질렀어요.

저는 해골의 팔에서 재빨리 벗어나, 방에서 뛰쳐나왔어요.

"오늘 일은 여기까지밖에 못 하겠네."

해골을 본 삼촌은 경찰을 부르려고 핸드폰을 꺼냈어요.

경찰은 증거를 찾고자 방 이곳저곳의 먼지를 털어내더니, 이내 머리를 긁적였어요.

"살인의 흔적은 없네요."

한 경찰이 말했어요.

"하지만 이 불쌍한 사람에게 무슨 일이 일어났는지 알아내기 전까지, 수리는 멈춰야 할 것 같군요."

며칠이 지나, 삼촌은 더 이상 집을 수리할 수 없다는 것에 낙담했어요. 집 수리는 할 수 없었지만, 돈 쓸 일은 계속 있었거든요. 그것도 엄청 많이 말이에요.

저는 경찰에게 전화를 해, 조사가 어디까지 진행되었는지 알아보았어요.

"음, 혹시 엘탐 타워 아파트 2C호에서 찾은 해골이 누구의 것인지 알아냈나요?" 경찰에게 물었어요.

"우리 삼촌이 집수리를 다시 하고 싶어 하거든요."

"네, 방금 찾아냈습니다. 그 사람의 신원을 찾는데 꽤 힘들었는데요, 사실… 그 사람은 1987년 숨바꼭질 세계 챔피언이었다고 하네요."

웃기지만 사실이에요!

1984년 영화인 고스트버스터즈에서 마시멜로가 터져 월터 펙(윌리엄 아서톤)을 마시멜로로 뒤덮는 장면이 있어요. 이 장면에서는 사실 마시멜로가 아니라 50갤런(189리터)나 되는 면도 크림이 사용됐대요!

49 운전하는 유령

그레이트 노턴 고속 도로에는 칠흑 같은 어둠이 내렸고, 비가 세차게 쏟아졌어요. 키이라는 우산도, 차도 없었어요. 거기다 7시 10분 버스는 올 기미가 보이지 않왔어요.

그날은 짙은 안개가 껴, 발도 간신히 보일 정도였고, 바람은 키이라를 거의 날려 버릴 만큼 세차게 불고 있었어요. 키이라는 그녀 쪽으로 다가오는 차를 발견하고는 안도했어요. 그러고는 재빨리 엄지손가락을 세워, 차에 태워 달라는 표시를 했어요. 차는 속도를 늦췄고, 키이라는 조수석에 올랐어요. 그제야 키이라는 이 차가 뭔가 잘못됐다는 것을 눈치챘어요. 운전석에 운전자가 없는 게 아니겠어요. 차 안에는 아무도 없었고, 엔진마저 꺼져 있었어요!

키이라는 공포에 질려, 그 자리에서 얼어붙었어요. 그때 안개 속에서 창백한 손이 차 안으로 들어와 운전대를 움켜잡더니, 이내 사라졌어요. 달리는 차 밖으로 뛰어내리는 행동은 너무도 위험했기 때문에 키이라는 두려워 몸이 굳은 채 차가 소도시 근처에 설 때까지 가만히 있었어요. 그러고는 깊게 숨을 들이마신 후, 용기를 내 문을 열었어요. 죽을 듯이 달려 도착한 곳은 불이 켜져 있는 근처 음식점이었어요.

"키이라, 괜찮아?"

친구 마리가 가족들과 식사를 하고 있었어요.

"왜 귀신을 본 것 같은 표정을 하고 있어."

"나 진짜로 귀신을 봤어!"

키이라는 눈물을 흘리며 말했어요.

그때, 어둡고 안개 낀 밖에서 두 남자가 온몸에 차 기름 범벅이 된 채 가게 안으로 들어왔어요.

"야, 저기 봐!"

한 명이 팔꿈치로 친구를 찌르고 손가락으로 키이라를 가리키며 말했어요.

"우리가 망가진 차를 뒤에서 밀고 있을 때 거기에 올라탄 그 바보 같은 여자야."

50 진짜 퇴마사

박 씨는 '귀신 들린 집' 리스트의 첫 번째 집을 향해 차를 운전했어요. 오늘은 집에 있는 악마를 쫓아내는 퇴마사들과의 밤 근무 날이었어요. 박 씨는 오늘 할 퇴마가 정말 기대되었어요.

"오늘 밤, 우리에게 얼음처럼 싸늘한 방과 밤마다 제멋대로 날아다니는 물체, 계단에 나타나는 귀신, 눈에 보이지 않는 귀신의 손에 대한 제보가 들어와 있어."

박 씨의 동업자인 김 씨가 말했어요.

"우리는 가능한 한 모든 준비를 해야 해. 이 영혼들은 사람들을 놀라게 하고, 짓궂은 장난치는 것을 좋아하는 것 같아."

사실 박 씨는 귀신을 믿지 않았어요. 단지 이번 기회에 귀신이 없다는 것을 증명해, 블로그에다 폭로 글을 쓸 계획이었어요. '회의론자의 이야기: 그 증거는 어디에?' 라는 제목으로 말이에요.

집 안에서 귀신 감지 전자기파 측정 장치가 울렸고, 그 소리를 들은 박 씨는 계단 위로 올라갔어요. 김 씨는 아래층을 살펴보았고요.

첫 번째 방에서 전자기파 측정 장치가 울렸고, 바늘이 계기판 밖을 넘나들었어요. 박 씨가 벽에 기계를 쾅쾅 내리쳤어요.

"고장났나 보네."

박 씨가 중얼거렸어요.

그때 방문이 쾅 닫혔고, 박 씨는 바쁘게 눈알을 굴렸어요.

"이봐, 귀신! 하나도 안 무섭네, 더 무섭게 할 수 있지 않아?"

박 씨는 소리쳤어요.

그러자 어떤 차가운 손이 박 씨를 밀어 의자에 앉혔어요. 의자 위에는 가짜 방귀 소리를 내는 고무 장난감이 있었고, 박 씨가 그 자리에 앉는 순간 소리가 났어요. 그리고 두루마리 휴지가 박 씨의 몸을 감고 또 감아, 팔을 움직일 수 없게 만들었어요. 박 씨는 휴지를 끊어 내고는 우당탕탕 몇 번을 넘어지면서 방 밖으로 뛰어나왔어요. 잔뜩 겁먹은 박 씨는 그대로 김 씨를 지나쳐 계단을 뛰어 내려갔어요.

"나 그만둘래!"

박 씨가 집을 나가며, 소리 질렀어요.

"다시는 연락하지 마!"

그런데 밖에 세워 두었던 박 씨의 차는 비닐 랩으로 둘둘 감겨 있었고, 앞 유리에는 손으로 쓴 것 같은 글씨가 있었어요.

이제 날 믿겠니!?

51 초조한 첫날

다 같이 쇼핑몰을 가기 위해 엄마가 택시를 불렀어요. 우리는 사람들로 북적이고, 번잡한 택시 승차장에서 한참 동안 택시를 기다렸어요. 앱을 보니, 우리가 부른 택시는 쇼핑몰 주변만 빙글빙글 돌고 있었어요. 택시 운전사 아저씨가 길을 잃은 것 같았어요.

"택시는 왜 안 오는 거야?"

저는 투덜거렸어요.

"발 아픈데…."

드디어 택시가 승차장에 도착했어요.

"빨리도 왔네."

엄마가 중얼거렸어요.

"안전벨트 매 주세요."

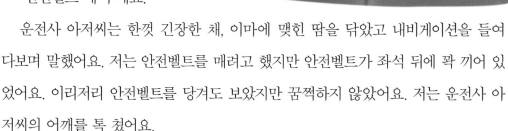

운전사 아저씨는 한껏 긴장한 채, 이마에 맺힌 땀을 닦았고 내비게이션을 들여다보며 말했어요. 저는 안전벨트를 매려고 했지만 안전벨트가 좌석 뒤에 꽉 끼어 있었어요. 이리저리 안전벨트를 당겨도 보았지만 꿈쩍하지 않았어요. 저는 운전사 아저씨의 어깨를 톡 쳤어요.

"아저씨, 안전벨트가 꼈…."

그 순간 운전사 아저씨가 브레이크를 힘껏 밟았고, 택시는 도로 위에서 미끄러져 그대로 기둥을 박았어요. 제 몸은 확 하고, 좌석 앞으로 날아갔어요.

엄마와 저 그리고 운전사 아저씨는 상처를 치료받으려고, 응급실에서 순서를 기다렸어요. 무거운 분위기가 계속됐고 엄마는 몹시 화가 나 보였어요.

"제 딸은 아저씨의 어깨를 살짝 건드렸을 뿐인데, 왜 브레이크를 밟으신 거예요?"

엄마가 물었어요. 운전사 아저씨가 엄마를 살짝 쳐다보더니, 이내 얼굴을 붉히고는 바닥으로 고개를 떨궜어요.

"오늘은 제가 이 일을 하게 된 첫날입니다."

운전사 아저씨는 말했어요.

"원래는 장례식 회사에서 장의차 모는 일을 했었지요."

52 묘지에서 나는 소리

핼러윈 밤, 사탕을 잔뜩 받은 로드와 저는 집으로 가던 중이었어요. 그런데 로드가 집에 가는 길에 마을 공동묘지를 둘러보자고 했어요. 마침 핼러윈이라 우리는 좀비 분장을 하고 있었거든요. 가짜 피가 묻은 옷을 입은 우리는 좀비처럼 양팔을 앞으로 내밀고는 묘비 사이를 지나다니면서 좀비 같은 울음소리를 내었어요. 이렇게 장난을 치고 있으니, 공동묘지에 있는 게 덜 무서웠어요. 저는 주로 늦은 밤이나 핼러윈에 공동묘지를 지나가는 것이 싫었지만 로드가 저를 겁쟁이로 생각하는 게 더 싫었어요.

"방금 무슨 소리였어?"

로드가 제 팔을 붙잡고는 물었어요.

"좀비 소리 그만 내 봐, 이 바보야!"

저는 그만 그 자리에서 얼어붙었고, 온몸이 오싹했어요. 분명 근처에서 뭔가 두드리는 소리가 났거든요.

탕! 탕! 탕!

로드와 저는 최대한 아주 조용히, 앞으로 걸어갔어요.

소리가 점점 커졌어요.

탕! 탕! 탕!

"저기에서 나는 소리 같은데."

저는 앞에 있는 새 무덤을 가리키며 속삭였어요. 그 무덤 앞에는 등이 굽고, 주름이 가득한 할아버지가 망치와 끌을 가지고 대리석 묘비를 조각하고 있었어요.

안심한 우리는 할아버지에게로 다가갔어요.

"할아버지, 놀랐잖아요."

로드가 말했어요.

"왜 이런 한밤중에 일하고 계신 거예요?"

"아, 미안하다. 얘들아."

할아버지가 말씀하셨어요.

"이 묘비를 좀 고치고 있었단다. 멍청한 가족들이 내 이름을 잘못 썼지 뭐야!"

웃기지만 사실이에요!

2010년대 초, 스위스 루체른에서는 깜짝 생일 선물로, 친구에게 광대를 고용해 따라다니게 하는 것이 유행이었어요. 광대가 친구를 무섭게 쫓아다니게 했죠. 그 광대는 생일 주인공에게 무서운 편지를 보내고, 주인공을 무섭게 쫓아가 얼굴에 파이를 맞추고는 했죠.

53 외눈박이 귀신

스테파니는 사촌 제드와 함께 바다에 가고 싶었지만, 자전거가 지하실에 있어 꺼내기가 힘들었어요. 스테파니가 몇 개월 동안 자전거를 타지 않았기 때문에 스테파니의 자전거는 거미줄과 거미들로 온통 뒤덮여 있었어요.

"내 자전거 좀 가져와 줄 수 있니?"

스테파니는 제드에게 부탁했어요. 제드는 스테파니보다 어렸고, 스테파니의 말을 잘 따르고는 했어요.

"알았어."

제드가 대답했어요. 제드는 가파른 계단을 내려가, 어둑한 지하실로 사라졌어요. 그리고 몇 초 후에 제드는 창백해진 채로 지하실에서 달려나왔어요.

"저 안에 귀신이 있어! 검은 눈의 외눈박이 귀신이었어!"

106

제드가 소리 질렀어요. 스테파니 는 어이없는 듯한 표정을 지었어요.

"그래서, 내 자전거는?"

"아니, 그 귀신이 자전거 바로 앞 에 서 있었단 말이야. 난 이제 지하 실에 들어가지 않을 거야."

"그래. 내가 들어가지 뭐!"

스테파니는 당당히 계단을 내려 가며 말했어요. 지하실로 내려가자, 차가운 공기가 주변을 둘러쌌어요.

그리고 스테파니는 지하실에서 무시무시한 얼굴을 한 외눈박이 귀신을 발견했어요.

"나는 무서운 검은 눈의 외눈박이 귀신이다."

귀신이 말했어요. 스테파니가 발을 탁탁 굴리며, 꼼짝도 하지 않았어요.

"이봐요, 지금 당장 제 자전거에서 떨어지지 않으면 당신 그 무서운 외눈박이 눈 을 두 개로 만들어 버릴 거예요!"

54 톡톡 소리를 내는 것

우리 집은 귀신이 들렸어요. 부모님이 이 집을 이렇게 싸게 살 수 있었던 데에는 다 이유가 있었어요. 부동산업자가 거의 거저 주듯이 저렴한 값에 집을 팔았거든 요. 집 안의 문손잡이가 전부 부서져 있었고, 벽지는 벗겨져 있었고, 현관문은 제대 로 닫히지도 않았어요. 밤에는 어디에선가 쾅 하는 소리가 나곤 했어요. 제 친구들 은 아무도 집에 놀러 오고 싶어 하지 않았어요.

어느 날 밤, 저는 잠자리에 들려고 침대에 누웠어요. 그런데 그때 낡은 물건과 상자들로 가득 찬 창고 안에서 톡톡, 두드리는 소리가 났어요.

톡! 톡! 톡!

저는 애써 그 소리를 무시하려고 했지만 뭔가 두드리는 듯한 소리가 계속 들렸기 때문에 잠들 수가 없었어요. 요동치는 심장을 부여잡고는 소리가 어디서 나는지 찾기 위해, 저는 복도로 나왔어요. 그 소리가 또다시 들려왔어요. 톡! 톡! 톡!

삐걱거리는 창고문을 끼익 하고 열었어요. 그리고 소리가 들려오는 커다란 나무 옷장으로 천천히 다가갔어요. 가까이 다가가 보니 그 소리는 마치 옷장 안에서 무언가 갇혀 있는 듯한 소리 같았어요.

톡! 톡! 톡! 뭔가가 나오려고 했어요! 저는 아주 천천히 손잡이를 돌렸고, 옷장 문이 삐걱거리면서 열렸어요. 하지만 옷장 속은 비어 있었어요.

다시 뭔가를 두드리는 소리가 났어요. 저는 그 소리에 그만 화들짝 놀라고 말았어요. 그 소리는 바로 서랍들 중 하나에서 나는 거였어요! 저는 조심스럽게 다른 서랍장을 열어 봤어요. 거기에는 또 아무것도 없었어요. 그리고는 다음 서랍장을 열어 봤어요. 하지만 역시 비어 있었지요. 그리고 마지막 서랍을 열었을 때, 끔찍한 소리의 정체를 보고 어이없는 한숨이 나왔어요.

그 안에는 '톡'이라고 쓰인 포장지 한 통이 들어 있었어요.

55 피투성이 손가락

"나 좀 잡아당겨 줘!"

뜨랑은 친구 나탄에게 소리 질렀어요. 나탄이 뜨랑의 손을 잡고 끌어당겼어요. 뜨랑은 버려진 제분소 안의 먼지투성이 바닥으로 내동댕이쳐졌어요.

"이제 뭘 해야 하지?"

나탄이 물었어요.

"기다려야 돼."

뜨랑은 말했어요.

몇 년 전에 이 제분소에서 한 직원이 기계에 손가락을 잘려, 높은 사다리에서 떨어져 죽었어요. 그때부터 이 제분소는 손가락 없는 귀신이 씌었다고 소문이 났어요. 뜨랑과 나탄이 제분소를 탐험하던 도중, 뜨랑은 바닥에 떨어져 아직 채 굳지도 않은 피를 발견했어요. 뜨랑은 몸을 덜덜 떨었어요. 귀신 이야기가 진짜일 수도 있겠어요.

그때 끔찍한 목소리가 머리 위로 들렸어요.

"내가 바로 그 피투성이 손가락 귀신이다!"

나탄은 비명을 질렀고 뜨랑과 귀신을 뒤로한 채, 제분소에서 도망쳤어요. 뜨랑은 공포에 떨며 공장 기계 뒤에 숨었어요.

공포스러운 목소리가 또다시 제분소 안쪽에서 울렸어요.

"내가 그 피투성이 손가락 귀신이다!"

귀신이 소리 질렀어요.

그때 뜨랑의 거만한 여동생 라이가 창문 너머로 안쪽을 둘러보다 제분소에 있는 오빠를 발견했어요. 뜨랑과 나탄을 따라왔던 모양이에요. 라이는 정말 골칫덩어리예요.

"라이! 여기서 뭐 하는 거야?"

뜨랑이 속삭였어요.

"엄마가 오빠 저녁 먹으러 데려오라고 하셨어."

라이는 오빠를 흘깃 보며 말했어요.

"지금 당장."

이번에는 라이가 조금 화난 듯이 이야기했어요.

"내가 그 피투성이 손가락 귀신이다!"

귀신이 꽥, 하고 소리 질렀어요. 뜨랑이 말리기도 전에 라이가 제분소 한가운데로 들어가더니 자신의 허리에 두 손을 올리고는 말했어요.

"그래? 그럼 손에 반창고나 붙이지 그래?"

라이가 소리쳤어요.

CHAPTER 7

무서운 장난감들과 사악한 광대들

56 도로의 끝

공포 점수 💀💀💀

스카일러의 엄마는 늦게 식당 일을 마치고 친구네에 간 스카일러를 데리러 갔어요. 그리고 집에 가기 위해, 마을 밖 비포장도로를 따라 운전했어요. 시간은 거의 자정에 가까워졌고, 입에서 침을 흘린 채 스카일러는 반쯤 잠들어 있었어요. 그때 갑자기 엄마가 브레이크를 밟았고, 도로 위에서 바퀴가 끼익, 소리를 내며 멈췄어요. 스카일러가 깜짝 놀라 잠에서 깼어요.

"저게 대체 뭐지?"

엄마가 중얼거렸어요. 도로 위에는 적어도 100개는 돼 보이는 장난감 광대가 도로 칸막이를 따라, 깔끔하게 한 줄로 서 있었어요. 광대 인형의 얼굴은 하얬고, 코는 빨갛게 칠해져 있었고, 형형색색의 헐렁한 옷을 입고 있었어요. 인형들의 까만 눈동자들이 헤드라이트에 비춰 빛났어요. 엄마가 천천히 문을 열었어요.

"잠깐 보고 올게."

"나가지 마세요!"

스카일러가 엄마의 팔을 잡은 채 속삭였어요.

"이건 함정일 수도 있어요! 저도 같이 갈게요."

스카일러는 쿵쾅대는

112

심장을 움켜쥐고 차에서 나와 엄마의 뒤를 따라 장난감 쪽으로 걸어갔어요. 비 오는 날에 누가 이렇게 많은 광대 인형을 두고 갔을까요? 스카일러가 허리를 굽혀, 인형 하나를 집어 들었어요. 그러고는 인형 등 뒤에 있는 줄을 잡아당겼어요. 그러자 그 인형은 악마로 변해, 스카일러 쪽으로 천천히 머리를 돌렸어요. 그러고는 소름 끼치는 웃음소리를 내며 플라스틱 손가락으로 스카일러의 팔을 단단히 붙잡았어요.

"무서워하지 마. 우리는 그저 놀 사람이 필요한 것뿐이야."

장난감 광대들은 스카일러의 주위를 에워싸며, 가까이 다가왔어요… 수많은 사악한 웃음소리가 정적을 가득 채웠어요.

* 이 이야기는 '캐만치 로드의 미스테리'를 각색했어요.

무섭지만 사실이에요!

광대를 무서워하는 공포증을 '광대 공포증'이라고 불러요. 어떤 사람들은 빨간 코만 봐도 몸을 떨며 무서워한대요. 과학자들은 '불쾌한 골짜기' 효과 때문이라고 하는데요. 이 효과에 의하면 사람들은 '인간이랑 거의 비슷한' 모습을 보이는 것에 대해 혐오감이나 공포를 느낀다고 해요.

57 반품 불가

공포 점수 💀💀💀💀

스칼렛은 7.99달러짜리 픽시 봉제 인형이 정말 갖고 싶었어요. 단추로 된 인형의 눈과 바느질을 한 비뚤어진 입술이 아주 마음에 들었거든요.

"엄마! 이 인형 인터넷으로 사도 돼요?"

스칼렛이 소리치며, 물었어요. 스칼렛은 엄마의 대답을 제대로 듣지 못했지만 그냥 '구매' 버튼을 눌렀어요.

얼마 후에 인형이 도착했고, 스칼렛은 얼른 상자를 열어 자신의 품에 인형을 안았어요.

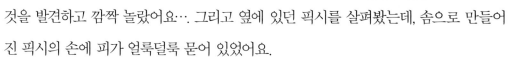

"픽시! 드디어 왔구나!"

스칼렛이 소리쳤어요. 그날 밤, 스칼렛은 인형과 함께 침대에 누워 잠들었어요.

다음 날 아침, 스칼렛은 자신의 뺨에 상처가 난 것을 발견하고 깜짝 놀랐어요… 그리고 옆에 있던 픽시를 살펴봤는데, 솜으로 만들어진 픽시의 손에 피가 얼룩덜룩 묻어 있었어요.

그건 바로 스칼렛의 피였어요.

그날 밤, 스칼렛은 인형을 장난감 벽장에 넣어 두고는 문을 단단히 잠갔어요. 하지만 다음 날 아침 어김없이 인형은 스칼렛 옆자리에 누워 있었고, 단추로 만들어진 두 눈은 마치 스칼렛을 원망하는 것처럼 보였어요. 스칼렛은 인형을 맞은편 방으로 던져 버렸어요.

스칼렛은 침대에 들어와 돌아누웠고, 그 순간 거울에 비친 자신의 모습을 보고는 얼어붙고 말았어요. 스칼렛의 팔과 다리가 온통 상처투성이였거든요.

스칼렛은 비명을 질렀어요.

"무슨 일이야? 뭐가 잘못됐니?!"

엄마가 크게 외치며, 방 안으로 달려 들어왔어요. 스칼렛은 엄마에게 인형에 대해 말했고, 정원에다 인형을 묻어 버렸어요.

"이제 속이 시원하네."

엄마는 마지막 흙 한 삽을 던지며 말했어요.

다음 날, 스칼렛은 학교에 가려고 집을 나서는데 무언가가 발에 걸리는 게 느껴졌어요. 스칼렛은 발에 걸린 것을 보고 두려움에 덜덜 떨었어요. 그건 바로 흙투성이가 된 봉제 인형이었어요.

"이거 반품해 버려야겠어."

화가 난 엄마가 인형을 반품하려고 우체국에 갔어요. 일주일 후에 판매자에게서 전화가 왔어요.

"택배가 도착했는데요."

판매자가 말했어요.

"상자가 비어 있는데, 혹시 픽시가 아직 그 집에 있나요?"

58 인형 몰리

공포 점수

"엄마, 제발요. 제발 저거 사 주시면 안 돼요?"

이메이가 유리 진열장 안에 있는 도자기 인형을 가리켰어요. 갈색 곱슬머리와 아래로 향한 슬픈 입꼬리, 길고 아주 예쁘게 말린 속눈썹까지 인형은 진짜 여자아이 같았어요. 그 인형은 손가락 다섯 개를 쫙 펼치고, 손을 들고 있었어요.

"얼마인가요?"

엄마가 점원에게 물었어요.

"비매품입니다."

점원이 단호하게 말했어요. 이메이는 부루퉁해져 발을 쾅쾅 굴렀어요.

"여기에 진열한 건 판매 상품이라 내놓은 것이 아니에요?"

엄마가 말했어요.

"100달러 드릴게요. 어때요?"

점원이 머리를 가로저었어요.

"그럼 200달러?"

엄마가 말했어요.

"제 딸에게 생일 선물로 줄 거예요."

점원이 마지못해 진열장을 열고, 선반에서 인형을 꺼냈어요.

"절대 인형을 딸과 둘이 놔두지 마세요."

인형을 포장하며 점원이 말했어요.

"바보 같은 소리 하지 마세요."

이메이가 인형을 안아 들며, 말했어요.

"우리는 제일 친한 친구가 될 거예요!"

오후 내내 이메이는 새 인형과 놀았지만 저녁을 먹고 난 후에는 계단에 인형을 내팽개쳐 두었어요.

"인형 좀 치워라."

엄마가 말했어요.

"네."

이메이는 말했어요.

"나중에요."

하지만 이메이는 인형 치우는 것을 잊어 먹었고, 바깥에 인형을 놓아둔 채 잠이 들었어요. 얼마 지나지 않아 이메이는 누군가 자신을 부르는 부드러운 목소리에 잠에서 깼어요.

"이메이! 이메이! 와서 날 데려가!"

이메이는 침대에서 나와, 계단 위에서 인형을 찾았지만 인형은 온데간데없었어요. 그때 어린아이의 목소리가 이메이의 귀에 속삭였어요.

"난 바로 네 뒤에 있어."

그때 두 개의 작은 손이 이메이의 다리를 밀었고, 이메이는 계단에서 굴러떨어져 다리가 부러졌어요. 이메이의 엄마가 계단 밑에서 울고 있는 이메이를 발견했어요.

동시에 예전에는 슬퍼 보였던 인형의 입꼬리가 살짝 올라갔어요. 인형은 미소 짓고 있었어요.

그 인형은 이제 두 손으로 여섯 개의 손가락을 위로 들고 있었어요.

* 이 이야기는 도시 전설 '인형 몰리' 혹은 '여섯 개의 손가락'을 각색했어요.

무섭지만 사실이에요!

귀신 들린 누더기 인형 앤은 2014년 개봉한 공포 영화 에나벨의 제작에 영감을 주었어요. 인형 앤은 현재 코네티컷 몬로에 있는 워렌의 오컬트 박물관 유리 진열장에 보관되어 있어요. 박물관 주인인 에드와 로레인 워렌은 그 인형에 죽은 여자아이의 영혼이 씌어 있다고 말했어요.

59 검은 풍선

공포 점수 💀💀💀💀

티비에는 괴상하게 생긴 광대가 공원이나 길 모퉁이에 숨어 도시를 돌아다니고 있다는 뉴스로 연신 떠들썩했어요.

션의 학교에서는 아이들이 광대 옷을 입은 사람에게 가까이 가지 못하도록 주의시켜 달라는 안내문을 부모님들에게 보냈어요.

방과 후에 션은 농구를 하러 학교 농구장에 갔어요. 공이 네트 안으로 정확히 들어갔고, 션은 기분이 좋아 크게 웃었어요. 온통 광대 목격담으로 시끄러운 요즘, 션은 농구장에 덩그러니 홀로 남아 있었어요. 그런데 션이 3점 슛을 완벽하게 성공시키자, 농구장 건너편에서 느린 박수 소리가 들려왔어요.

농구장 모서리에서 한 광대가 검은 풍선을 들고는 션을 지켜보고 있었어요. 광대는 찢어진 회색 옷을 입고 있었고, 까만 입술로 사악한 미소를 짓고 있었어요.

션의 맥박이 빠르게 뛰었고, 이마에서 식은땀이 났어요. 방과 후에 혼자서 놀러 나오다니. 너무 조심성 없고 바보 같은 행동이었어요.

광대는 풍선을 앞으로 내밀며, 천천히 션을 향해 걸어
왔어요. 션은 자전거를 타고 길 밑으로 도망쳤어요.

거의 집 앞까지 도착했을 즈음, 버스 정류장에 있는
광대를 발견했어요. 광대는 정류장에 홀로 앉아 슬픈
얼굴로 션에게 인사하고 있었어요. 션은 최대한 빠르게
페달을 밟았어요. 션은 뒷길을 빠져나왔고, 불안한 마
음으로 뒤를 돌아보았어요. 다행히 광대는 보이지 않았어요.

션은 앞마당에 자전거를 던져 놓고, 현관으로 달려가다가 걸음을 멈췄어요.

현관문 손잡이에는 검은 풍선이 묶여 있었어요.

션은 집을 향해 조심스럽게, 한 발짝 한 발짝 걸어가다가 걸음을 멈췄어요. 이제 어떻
게 해야 좋을지 몰랐거든요. 문 앞 매트에 엄청나게 큰 빨간 광대 신발이 놓여 있었어요.

60 광대 마스크

공포 점수

최근에 루이스의 삼촌이 돌아가셨어요. 루이스의
가족은 삼촌의 황폐한 집을 물려받았어요.

"우리 삼촌은 서커스를 했었어."

친구 루이스가 현관문으로 들어서며, 얘기했어요.

"다락방에 같이 가 볼래? 거기에 이상한 것들이
엄청 많이 있더라고."

119

"그러지, 뭐."

저는 말했어요. 루이스가 접이식 계단을 열었고, 우리는 퀴퀴한 냄새가 나는 다락방으로 올라갔어요. 다락방에는 서커스 복장과 소품들이 가득했어요. 저는 스티로폼으로 만든 가짜 바벨을 한 손가락으로 들어 올렸어요.

"나 좀 봐 봐, 나 엄청 세다!"

저는 농담을 던졌어요.

루이스는 나무 저글링 봉 두 개를 꺼내, 위로 던졌어요. 저글링 봉은 덜그럭하는 큰 소리와 함께, 바닥으로 떨어졌고 저는 그 소리에 깜짝 놀랐어요.

"이제 가자."

저는 루이스의 삼촌 유품들을 마음대로 만진 것에, 마음이 불편해졌어요.

"잠깐! 이것 좀 봐!"

루이스가 상자에서 광대 마스크를 꺼내 들며 말했어요. 그 마스크에는 하얗고, 주름진 피부에 뒤틀려 있는 웃는 얼굴과 축 늘어진 파란 머리카락이 달려 있었어요.

"다시 집어넣어."

제가 말했어요.

"너무 무섭게 생겼단 말이야."

"라몬, 진정해."

루이스가 말했어요.

"이 마스크는 서커스 소품일 뿐이야."

루이스는 광대 마스크를 얼굴에 쓰고는 사악한 웃음소리를 내며, 춤추기 시작했어요. 처음엔 저도 낄낄 웃었어요. 그런데 루이스가 점점 빠르게 방 안을 돌기 시작했어요. 루이스는 스스로 멈출 수 없는 것처럼 마스크를 할퀴고, 몸부림치기 시작했어요. 결국 루이스는 바닥에 쓰러지더니 더 이상 움직이지 않았어요.

저는 루이스에게 달려가, 그 마스크를 찢어 버렸어요.

루이스는 가만히 천장을 응시한 채, 누워 있었어요. 루이스의 얼굴은 하얗고, 두꺼운 무대 분장을 한 채였고 코는 둥글납작한 빨간색이 되어 있었어요. 입은 뒤틀려 울상을 하고 있었고요. 루이스는 오랫동안 낄낄거렸어요. 그러더니 제 손에서 광대 복면을 빼앗아 제 얼굴에 씌웠어요.

61 인형섬
공포 점수 ☠☠☠☠

마리아는 입을 떡 벌리며 걸음을 멈췄어요. '인형의 섬' 투어 팀은 나무에 매달려 있는 수백 개의 낡은 인형을 보러 돌아다니고 있었어요. 인형들은 낮은 가지에 걸려, 영혼 없는 눈으로 무엇을 바라보는지 알 수 없었어요. 목이 잘려 나간 인형도 있었고, 어떤 것들은 팔다리나 눈이 없었어요. 인형들의 옷은 찢어져 있었고, 무척 더러웠어요. 인형의 차가운 유리 눈동자와 시선이 마주치자, 마리아는 몸을 부르르 떨었어요.

"제 삼촌은 이 섬의 관리인이었어요."

가이드가 말했어요.

"삼촌이 이곳에 처음 도착했을 때, 어린

여자아이가 인형과 함께 운하에서 익사한 것을 발견했어요. 그 불쌍한 여자아이의 영혼을 달래 주려고, 아이가 인형을 마음껏 가지고 놀 수 있도록 삼촌은 이 나무들에 인형을 달았어요…. 50년 동안 아이를 위해 계속 인형을 매달았고… 삼촌의 시체가 운하에서 발견될 때까지, 멈추지 않고 인형을 매달았어요."

다른 관광객들은 사진을 찍느라 정신이 없었으나, 마리아는 눈물이 났어요.

"인형들이 엄청 외로워 보여요."

마리아가 엄마에게 속삭였어요.

"저 아이들은 누군가 돌봐 줄 사람이 필요해요."

"기분 나쁜 인형들이잖니. 그대로 놔두렴."

엄마가 경고했어요.

"저 인형을 가져가는 건 별로 좋은 생각이 아니에요. 꼬마 아가씨."

가이드가 말했어요.

"소문에 의하면 저 인형들은 귀신이 들렸다고 해요."

하지만 마리아는 가이드를 믿지 않았어요. 이런 삭막한 섬의 나뭇가지에 인형들이 불쌍하게 매달려 있을 이유가 없거든요. 인형들에게는 자기들을 가지고, 놀아 줄 아이들이 필요해요. 투어 팀이 섬 안을 둘러보는데, 나무에서 낄낄거리는 웃음소리와 속삭이는 소리들이 울려 퍼졌어요. 마리아는 분홍색 뺨에, 갈색 머리카락을 한 아기 인형을 나무에서 풀었어요. 그러고는 인형을 가방 안에 몰래 넣고는 투어 팀으로 돌아가 엄마의 손을 꽉 잡았어요.

그날 저녁, 호텔로 돌아온 마리아는 인형의 머리카락을 빗겨 주고, 몇 년 동안 쌓인 때를 깨끗이 닦아 주었어요.

그리고 마리아가 침대에 누웠을 때 창문이 열리는 소리가 들렸어요. 갑자기 차가운 바람이 불어와, 방이 추워졌어요.

그때 어디인가 아파 보이는 작은 여자 아이가 흠뻑 젖은 몸을 한 채, 창문 밖에 서 있었어요. 마리아는 인형을 품 속에 꽉 껴안았어요.

"그건 내 거야."

여자아이가 경고하는 듯한 목소리로 속삭였어요.

"나한테 돌려줘."

* 이 이야기는 실제로 멕시코에 있는 관광 명소인 '인형 섬'에 얽힌 이야기를 참고하여 각색했어요.

62 안대 쓴 인형의 정체

공포 점수

얀준은 홍콩의 중원절을 정말 좋아했어요. 중원절은 일 년에 한 번 있었고, 이날에는 영혼들이 살아 있는 사람들을 만나고자 집으로 돌아온다고 했어요. 얀준은 이웃들이 영혼들에게 바치려고 내놓은 오렌지 케이크와 타다 남은 종이돈을 조심조심 피해, 학교로 달려가고 있었어요. 공기 중에는 향과 재 냄새가 아직 남아 있었어요.

"오빠, 기다려!"

여동생 펜이 소리 질렀어요.

얀준은 나무에 묶인 인형을 발견하고 걸음을 멈추었어요. 그 인형은 밝은 갈색 머리에, 핑크색 드레스를 입고 있었어요. 두 눈은 두꺼운 안대로 묶여 있었고요. 펜이 인형에게 가까이 가 머리를 쓰다듬었어요.

"나 이 인형 가져가고 싶어."

펜이 말했어요.

"가져가면 안 돼. 누군가가 영혼에게 바치려고 내놓은 것일 수도 있단 말이야."

얀준이 말했어요. 그러자 펜은 입을 부루퉁하게 내놓고, 울기 시작했어요. 펜은 집에 장난감이 별로 없었거든요. 얀준은 여동생이 불쌍해졌어요.

"제발, 오빠."

펜이 말했어요.

"제발, 제발, 제발."

얀준은 한숨을 쉬며, 동생을 위해 인형을 풀었어요.

"그래, 하지만 아무에게도 인형이 어디서 났는지 얘기하면 안 돼."

펜이 인형을 안아 들자, 안대에서 쪽지가 한 장 떨어졌어요.

경고! 이 인형엔 악마가 깃들어 있습니다. 저는 이 인형이 집까지 쫓아오지 못하도록 인형의 두 눈을 가려 놓았습니다. 만약 당신이 이 안대를 벗기면 당신은 저주받을 거예요.

얀준은 무서워졌어요.

"펜! 잠깐!"

얀준이 펜의 팔에서 인형을 뺏으려고 했지만 펜은 이미 인형의 안대를 풀어 버렸어요. 인형의 차가운 눈동자와 마주친 펜은 최면에 걸리고 말았어요.

펜이 눈을 깜빡였어요. 그러고는 비틀거리며, 다시 눈을 깜빡였어요.

"나 기분이 이상해."

펜이 속삭였어요. 펜은 인형을 떨어뜨리고, 배를 잡고 땅바닥에 쓰러졌어요.

무섭지만 사실이에요!

디즈니랜드 직원들에 의하면, '작은 세상'이라는 놀이 기구 안에 있는 인형들은 놀이 기구의 불이 꺼지면 살아 움직인다고 해요. 이 놀이 기구에는 전 세계에서 온 300개가 넘는 움직이는 인형들이 있어요. 과연 여기가 지구에서 가장 행복한 곳일까요? 잘 생각해 보세요. 아닐 수도 있어요.

63 폭풍 속의 방문자

공포 점수 💀💀💀💀

    그날 밤, 창밖에서 천둥이 시끄럽게 치는 바람에 저는 잠들 수가 없었어요. 번개가 방 안을 밝게 비춘 순간, 아빠가 문 앞에 서 있는 것이 보였어요. 아빠도 저처럼 시끄러워 잠들 수가 없었나 봐요.

"아빠?"

    저는 속삭였어요. 아빠를 보기 위해 몸을 일으킨 순간, 저는 온몸이 굳어 버리고 말았어요. 앞에 서 있는 사람은 아빠가 아니었어요.

    그 사람이 반쯤 돌아섰어요. 얼굴에는 당근 같은 큰 코를 가지고 있었고, 머리에는 원뿔 모양의 모자를 쓰고 있었어요. 그리고 주름진 하얀 칼라에, 노란색 점프 슈트를 입고 있었어요. 그 모습은 광대였어요. 광대는 장갑을 낀 손가락으로 제게 손

짓했고, 제 심장은 빠르게 뛰었어요. 괴물 같은 가짜 웃음이 방 안을 가득 채웠어요. 저는 너무 무서워 이불을 머리까지 덮어쓴 채 침대 구석에서 덜덜 떨었어요.

광대가 배에 손을 올려 웃는 흉내를 냈다가, 일층 침대에서 자고 있는 남동생 올리버를 손가락으로 가리켰어요. 광대는 성큼성큼, 우스꽝스럽게 올리버를 향해 다가갔어요. 저는 용기를 내 일층 침대로 내려갔지요.

"올리버, 일어나!"

저는 아직 잠에서 깨지 못해, 게슴츠레 눈을 뜬 동생을 침대에서 끌고 나왔어요. 광대가 문을 막고 있었지만 저는 광대를 밀치고 나왔어요. 광대의 손가락이 제 티셔츠를 잡는 것이 느껴졌지만 뿌리치고 도망쳤어요.

그러고는 부모님의 방으로 한달음에 달려갔어요.

"저기 광대가 있어요! 우리 방에요! 빨리 오세요!"

아빠가 우리 방의 불을 켰지만 광대는 이미 사라지고 없었어요.

"걱정할 것 없단다, 얘들아."

아빠가 말했어요.

"아빠가 확인해 봤지만, 집 안에는 아무도 없단다. 방범 알람도 계속 작동하고 있고. 그냥 악몽이었을 거야."

그러고는 아빠는 불을 끄고, 문을 닫았어요. 다시 잠에 빠지려고 할 때, 저는 바람 속에서 희미하게 낄낄거리는 소리를 들었어요.

로버트 유진 오토는 어렸을 때, 할머니로부터 로버트라는 오래된 인형을 선물받았어요. 1988년 '사탄의 인형' 영화에 등장하는 처키라는 악마의 인형은 이 인형에게서 영감을 받아 만들어졌어요. 로버트는 종종 낄낄 웃으며, 표정을 바꾸고, 물건들을 이리저리 움직였다고 해요. 참 무섭지요!

64 말하는 티미

공포 점수 💀💀💀💀

알리샤는 크리스마스 선물로 받은 '말하는 인형 티미'가 정말 마음에 들었어요. 말하는 인형 티미는 말하고, 움직이고, 노래도 부를 수 있는 인형이었어요! 매일 밤 잠자기 전, 알리샤는 티미를 꼭 끌어안아 주었고 볼에다는 뽀뽀도 해 주었어요.

매일 밤 티미가 "사랑해."라고 말했고, 알리샤도 "나도 사랑해, 티미!"라고 말했어요. 하지만 알리샤가 친구 조에게 티미와 같이 놀자고 했을 때, 조는 별로 좋아하지 않았어요.

"그런 인형들은 아기들이 가지고 노는 거야."

조가 말했어요.

"나는 이런 인형은 이미 삼 년 전, 아기일 때 다 가지고 놀았다고."

"맞아. 나도 이제 이런 인형 안 좋아."

얼굴이 빨개진 알리샤는 말했어요. 알리샤는 티미를 거칠게 벽장 안에 던져 넣었고, 그때 티미의 배터리가 몸 속에서 떨어져 나왔어요.

그날 밤, 알리샤는 벽장 안에서 바스락거리는 소리가 새어 나오는 것을 들었어요.

"사랑해!"

익숙한 목소리가 말했어요. 바로 티미의 목소리였어요.

알리샤는 깜짝 놀라, 벌떡 일어났어요. 어떻게 티미가 말을 할 수 있는 거죠? 티미의 몸에는 배터리가 없는데 말이에요! 알리샤는 잔뜩 긴장한 채, 침대 밖으로 나와 천천히 벽장 문을 열었어요. 문을 열자 티미의 두 눈이 어둠 속에서 빛나고 있었어요.

"너는 날 쉽게 버릴 수 없을 거야."

티미는 위협적인 목소리로 말했어요. 알리샤는 비명을 지르며 티미를 잡아채 티미의 등에 있는 스피커를 뜯어냈어요. 그 순간 티미의 눈동자가 흐릿해지면서, 다시 조용해졌어요. 알리샤는 티미를 장난감 상자에 넣어 상자를 잠가 버리고는 열쇠를 베개 아래에 넣어 놨어요.

"너를 쓰레기통에 버릴 거야, 티미."

알리샤가 크게 말했어요.

다음 날 아침, 잠에서 깬 알리샤는 말하는 티미가 베개 위에 앉아 있는 걸 발견했어요. 알리샤는 공포에 질린 채 티미를 쳐다보았고, 티미의 작은 플라스틱 손가락이 알리샤의 팔을 점점 세게 조여 왔어요.

"우리는 영원히 함께야, 알리사."

티미는 낮은 목소리로 분노에 가득 차 말했어요.

무섭지만 사실이에요!

2017년 영국, 십 대 소녀 티아 머라이어 맥빈은 전 남자 친구에게 저주받은 부두 인형을 보냈다는 이유로 법정에 기소되었어요. 어떤 이들은 부두 인형에 핀을 꽂으면, 상대방이 실제로 아프게 된다고 믿어요.

65 공포의 이발

공포 점수

마이크는 여동생 에이미의 인형이 바보 같다고 생각했어요. 에이미가 하루 종일 하는 일이라고는 인형의 머리를 빗겨 주거나 이상한 목소리로 인형과 대화하는 것뿐이었거든요. 심지어 에이미는 더 이상 마이크와 놀려고도 하지 않았어요.

어느 날 저녁, 에이미가 엄마와 치과에 갔을 때 마이크는 에이미의 방에 몰래 들어가 에이미가 가장 좋아하는 인형을 찾아냈어요. 인형은 비단 같은 금발 머리에, 분홍색으로 반짝이는 드레스를 입고 있었어요.

마이크는 부엌에서 가져온 가위로 인형의 긴 머리카락을 대머리로 만들어 버렸어요. 그러고는 검은색 마커로 인형의 이마에 **멍청이**라고 쓴 뒤, 증거가 될 만한 물건들을 주머니에 전부 집어넣었어요.

에이미가 치과에서 돌아오자, 마이크는 에이미의 반응을 보고자 에이미의 방 앞에서 기다리고 있었어요. 하지만 에이미는 인형을 손에 든 채, 행복하게 팔짝 팔짝 방 안에서 뛰어나왔어요. 놀랍게도 인형의 머리카락은 예전처럼 길게 자라 있었어요. 그리고 이마에 마커로 쓴 글씨도 사라져 있었어요. 믿을 수 없다는 듯이 마이크는 인형을 쳐다봤어요. 그 순간, 마치 인형이 마이크를 쳐다본 것만 같았어요.

"정말 멍청한 인형이야."

마이크가 중얼거렸어요.

그날 밤, 인형에 대해 줄곧 생각하다가 마이크는 문을 닫고 잠들었어요.

다음 날 아침 마이크는 비틀거리며, 화장실로 향했어요. 그리고 거울을 본 순간 거울에 비친 자신의 모습에 헉 하고 소리를 내었어요.

마이크의 머리카락은 대머리처럼 깎여 있었고, 이마에는 파란색 잉크로 **너처럼 멍청하진 않아**라고 써 있었어요.

CHAPTER 8

끔찍한 역사

66 공동묘지 당번

공포 점수 💀💀💀💀

"방금 무슨 소리였어?!"

제네비에브의 남동생 데클란은 공동묘지에서 등골 오싹하게 만드는 소리를 들었어요. 탁, 하는 소리를 들었을 때 데클란이 누나의 팔을 꽉 잡으며 말했어요.

"아마 잔 나뭇가지가 떨어지는 소리일 거야."

제네비에브는 용감해지려고 노력하며, 소근거렸어요. 그렇지만 제네비에브는 고작 12살이었고, 데클란은 고작 10살밖에 되지 않은 겁쟁이었어요.

시간은 거의 자정에 가까워져 갔고, 제네비에브와 데클란은 피트 삼촌의 묘비 옆에 웅크리고 앉아 당번을 서고 있었어요. 바로 이틀 전에 삼촌의 장례식이 있었고, 그날부터 가족들이 순서대로 묘지를 지켰어요. 밤마다 무덤에서 시체를 약탈하는 악랄한 도둑들로부터 삼촌을 지키고 있었던 거예요.

시체 도둑들은 땅에 묻은 지 얼마 되지 않은 시체를 파내, 의학 대학에 팔아넘긴다고 해요. 땅에 묻은 지 얼마 되지 않은 시체만 의학 대학에 팔 수 있었는데, 제네비에브의 가족은 절대로 피트 삼촌의 몸을 해부시키고 싶지 않았어요!

매번 올빼미가 울 때마다, 제네비에브의 심장은 입 밖으로 튀어나올 것 같았어요. 방금 그 소리는 뭐였죠? 아, 다람쥐가 땅콩을 모으는 소리였네요. 제네비에브는 꼿꼿이 앉았어요. 저기에서 나오는 소리는 뭐죠? 아, 말과 마차가 입구를 지나고 있는 거였네요.

데클란은 제네비에브의 무릎 위에서 코를 골며 잠에 들었지만, 제네비에브는 눈을 크게 뜬 채 어둠 속을 뚫어지게 바라보았어요. 제네비에브는 너무 무서워, 배가 마구 뒤틀리는 것 같았어요. 새벽을 알리는 새의 울음소리가 들리자마자, 제네비에브는 묘지를 떠나고 싶어 안달하며 데클란을 흔들어 깨웠어요.

"일어나! 아빠가 우리를 데리러 오실 거야."

제네비에브와 데클란, 죽은 피트 삼촌까지 도둑들을 피해 무사히 밤을 지새울 수 있었어요. 어둑어둑한 아침 안개 속에서 제네비에브는 흐릿한 사람 형태가 다가오는 것을 보았어요. 제네비에브가 안도의 숨을 내쉬었어요. 길었던 밤이 모두 끝난 거예요.

"아빠?"

제네비에브가 외쳤어요. 하지만 대답은 돌아오지 않았어요. 제네비에브와 데클란이 벌떡 일어나 아빠에게 달려가 안기려고 했어요. 하지만 아빠에게 다가선 순간, 제네비에브와 데클란은 그 자리에 멈춰 섰어요. 그 사람은 아빠가 아니었어요. 그 남자의 손에는 날카로운 삽이 들려 있었고, 어깨에는 큰 주머니를 짊어지고 있었어요. 제네비에브는 혼란스러운 얼굴로 그 남자를 쳐다보았어요. 그리고 큰 주머니에서 나온, 창백하고 핏기 없는 팔이 축 늘어져 흔들리는 걸 보았어요.

제네비에브와 데클란은 큰 실수를 저질러 버렸네요.

* 이 이야기는 1800년대에 실제로 발생한 사건인 에든버러 시체 도둑 사건을 바탕으로 각색했어요. 당시 에든버러에서는 무덤에서 시체를 파내, 수술 연습에 쓸 시체가 필요한 의학 대학에 팔았다고 해요.

무섭지만 사실이에요!

1600년도에 만들어진, 지금은 버림받은 요새 도시는 인도에서 가장 무시무시한 귀신이 들린 지역이라고 해요. 그래서 해가 진 저녁부터 해가 뜰 때까지 방가라의 유령 도시에 출입하는 것은 법으로 금지되어 있어요. 현지인들은 귀신들이 고대 유적에 살고 있다고 믿고 있고, 해가 진 후 그 도시 안에 머무르는 사람들은 그 누구도 돌아오지 못했다고 해요!

67 유령선

공포 점수 💀💀💀

안토니오는 돛대 위에서 놀던 중 마리 셀레스테호가 지나가는 것을 발견했어요. 갑판에는 단 한 사람도 보이지 않았고, 배의 운전대는 버려져 있었어요. 깜짝 놀란 갑판원은 그 귀신 같은 광경을 선장에게 전하기 위해 원숭이처럼 돛대를 타고 내려왔어요.

"선장님! 유령선입니다!"

갑판원이 소리쳤어요.

"보세요!"

"그럴 리가 없어."

선장은 지나가는 배를 보며 대답했어요.

"저 배는 몇 주 전에 사람을 가득 태우고 뉴욕에서 출항했을 텐데."

선장과 갑판원은 배를 조사해 보고
자, 마리 셀레스테호에 작은 배를 보냈
어요. 안토니오는 타고 있는 배가 살짝
흔들리는 것을 느꼈어요. 셀레스테호에
는 안 좋은 기운이 가득했어요.

갑판 아래는 칠흑처럼 어두웠어요.
안토니오는 길을 찾으려고 초에 불을
붙였어요. 조리실에는 수프가 담긴 냄비가
조리대 위에 있었고, 수프에서는 맛있는 냄새가 났어요. 수프는 만든 지 얼마 안 된
것 같았어요. 안토니오는 손가락을 수프에 넣어 봤어요…. 아직 따뜻했어요! 식탁에
는 음식 11인분이 준비되어 있었고, 반쯤 먹다만 빵이 굴러다니고 있었어요. 그리
고 재떨이에는 아직 끝이 타고 있는 담배가 놓여 있었어요. 어딘가에 선원이 있는
것이 틀림없었어요.

"이봐요!"

안토니오는 빈방을 향해 소리 질렀어요. 주변 공기가 이상하리만큼 차가웠지만,
안토니오의 이마에서는 식은땀이 났어요.

"거기 누구 없나요?"

차가운 공기가 안토니오의 목을 간질였어요. 안토니오의 귀에 속삭이는 듯한 소
리가 들렸어요. 겁에 질린 채 안토니오가 뒤를 홱, 돌아봤어요.

하지만 그곳에는 안토니오뿐이었어요. 안토니오는 사다리를 타고, 갑판으로 재빨
리 올라갔어요. 이 배에 조금이라도 더 오래 있고 싶지 않았거든요. 사라진 선원들
에게 무슨 일이 있었는지 알게 뭐예요?

"아무도 없습니다."

안토니오가 선장에게 말했어요.

"바로 떠나야 할 것 같습니다."

그런데 안토니오가 운전대를 지날 때였어요. 갑자기 운전대가 혼자서 빙그르르, 이리 저리 움직였어요! 그러고는 탁! 하는 큰 소리가 났어요. 안토니오는 아까 타고 왔던 배를 묶고 있던 밧줄들이 바다 위로 떨어져, 작은 배가 천천히 멀어지는 것을 보았어요.

안토니오와 선장은 조난당한 것이었어요. 조용한 하루가 될 수 있었는데⋯. 그때 얼음장같이 차가운 바람이 돛을 움직이기 시작했어요. 그리고 안토니오의 귀에는 사악하게 낄낄거리는 웃음소리가 들려왔어요.

무섭지만 사실이에요!

1955년 무역선인 MV 조이타호는 사모아에서부터 이틀간의 항해를 떠났어요. 한 달 후, 그 배는 사모아에서 600마일(960킬로미터) 떨어진 곳에서 배만 덩그러니 발견되었어요⋯. 그 이후로도 25명의 선원과 승객들은 발견되지 않았어요.

68 모스맨 목격담

공포 점수 💀💀💀💀

해가 진 숲속에서 닉과 진은 모닥불 위에 마시멜로를 굽고 있었어요. 닉은 끈적 끈적해진 마시멜로를 손가락으로 동그랗게 뭉쳤고, 그 따뜻하고 달달한 덩어리를 입에 집어넣고는 만족스러운 표정을 지었어요.

잠깐, 방금 그게 뭐였지? 키가 큰 나무들의 그림자 사이에서 닉은 이상한 생물을 본 것 같은 기분이 들었어요. 닉은 두 눈
을 비볐고, 점점 빠르게 맥박이 뛰었어요.
무언가 이상한 것을 본 것일까요?

닉은 안경을 벗어 소매로 닦은 후, 다시
안경을 썼어요. 그리고 그 순간 놀라 헉, 소
리를 냈어요.

나방처럼 생긴 아주 큰 새가 빨간 눈을
빛내며, 나뭇가지에 앉아 닉을 굶주린 시선
으로 바라보고 있었어요. 그 무시무시한 괴물
은 날개를 펴 날아오르더니 닉과 진 위에 있
는 나무 꼭대기에 올라갔어요. 닉은 머리카락이 곤두서는 걸 느꼈어요. 그러고는
공포에 질린 채, 손가락으로 괴생명체의 커다란 눈과 입을 가리켰어요.

"진, 저건…저건 모스맨이야."

닉은 마시멜로 꼬치를 땅바닥에 떨어뜨리며 속삭였어요.

진은 등 뒤에 괴물이 있다는 걸 눈치채지 못한 채, 히죽히죽 웃으며 닉에게 말했어요.

"배트맨을 말하는 거야?"

배트맨은 두 사람이 가장 좋아하는 텔레비전 프로그램이었어요. 진은 닉의 손가
락이 가리키는 곳을 쳐다보았어요. 그러고는 소스라치게 놀라, 앉아 있던 나무에서
떨어졌어요.

그 괴물은 두 사람의 머리 위를 빙글빙글 돌기 시작했고, 닉과 진은 살기 위해
자전거가 있는 곳으로 달려갔어요.

"모스맨이 대체 뭐야?!"

진은 자전거에 올라타며, 소리 질렀어요.

"저 굶주린 괴물을 말하는 거야!"

닉은 젖 먹던 힘을 다해 페달을 밟았어요.
모스맨은 어둠 속에서 아무것도 없는 시골길을
달리는 닉과 진의 바로 뒤까지 다가왔어요. 그
러고는 포인트 플레전트에서 나오는 불빛을 향
해, 있는 힘껏 페달을 밟는 닉과 진의 머리를
하늘 위에서 덮쳐 왔어요. 화가 난 듯이, 으르
렁거리는 소리가 들렸고 순간 닉의 목 뒤에 깊
은 상처가 나는 듯했어요. 닉은 두려움에 비명
을 질렀고, 자전거에서 미끄러져 풀 더미 속으로 넘어졌어요. 닉이 마지막으로 본
것은 모스맨이 굶주린 듯한 빨간 눈과 날카로운 발톱으로 닉을 향해 전력으로 날아
오고 있는 모습이었어요.

* 이 이야기는 1960년대의 모스맨 목격담을 각색했어요.

무섭지만 사실이에요!

아멜리아 에어하트는 수많은 비행 기록을 남긴 세계에서 가장 유명한 비행사 중 한 명이었어요.
하지만 1937년 에어하트와 조종사 프레드 누넌의 비행기는 지구 한 바퀴를 비행하던 중 흔적도
없이 사라졌어요.

69 맛이 간 좀비들

공포 점수 💀💀💀

엄마가 제 팔을 잡고, 저를 문 쪽으로 잡아당겼어요. 저는 울면서 질질 끌려 가고 있는 발을 동동 굴렀어요.

"저는 교회에 가고 싶지 않아요. 그 목사님은 정말 불쾌하다고요!"

"리카르도, 내가 하라는 대로 하면 안 되겠니?"

엄마가 답답하다는 듯이 한숨을 쉬었어요.

"넌 정말 말을 하나도 안 듣는구나. 네 방은 더럽지, 부지런하지도 않지, 집안일은 도와주지도 않지. 더 이상 말다툼하기 싫구나!"

저를 교회 안으로 끌고 들어간 엄마는 그 안에서 몸을 흔들며, 노래를 부르고 있는 사람들 사이로 들어갔어요. 저는 이럴 시간에 친구들과 거리에서 놀았으면 좋겠다, 하고 생각했어요.

목사님은 몸을 흔들면서, 이해할 수 없는 단어들을 중얼거리며, 주문을 외우고 있었어요. 목사님은 검은 눈을 자꾸만 떴다가 감았다가 했어요. 까만 눈이 하얗게 칠한 얼굴과 너무 대조적으로 느껴졌어요. 목사님의 목걸이에 있는 으스스한 해골들이 목사님의 움직임에 맞춰 흔들렸고, 서로 부딪치며 소리 냈어요.

제 심장은 빠르게 뛰었고, 손바닥은 땀으로 젖기 시작했어요. 저는 흑마법이 무서워요. 이 년 전에 우리 할아버지가 사라진 것처럼, 목사님을 보러 온 사람들은 순식간에 사라지고는 하거든요.

목사님이 엄마에게 손짓했어요. 엄마가 제 등을 떠밀었어요. 저는 정신이 번쩍 들었어요.

미처 도망치기도 전에, 엄마가 저를 목사님 쪽으로 세게 밀었어요.

제가 정신을 차렸을 때에, 저는 옥수수 밭에서 옥수수를 따고 있었어요. 허리가 아팠고, 옥수수를 따기 위해 저절로 움직이는 팔이 너무나 아팠어요. 얼굴은 햇빛에 심하게 타 온통 물집이 잡혀 있었고요. 손에서는 피가 났지만 멈출 수가 없었어요. 제 몸은 계속해서 옥수수를 땄어요. 끊임없이 말이지요. 저는 시선을 이리저리 돌리며, 이 미로에서 빠져나갈 수 있는 방법을 찾았어요. 옥수수 밭은 사람들로 가득했고, 모두가 조용히 옥수수를 따고 있었어요. 거기에 우리 할아버지도 있었어요.

* 이 이야기는 '아이티 좀비'라는 실화를 바탕으로 각색했어요.

무섭지만 사실이에요!

1980년대 웨이드 데이비스라는 캐나다인 과학자는 평범한 사람들을 '좀비처럼' 만들 수 있는 강력한 힘을 발명하였다고 주장했어요. 그 힘은 복어에게서도 나오는 테트로도톡신이라는 물질인데, 이것은 뇌에 영향을 미치는 강력한 화학 물질로 만들어요. 만약 사람이 이 화학 물질을 일정량 이상 섭취하게 되면, 머리가 멍해지며 순종적이게 변해 다른 사람들에게 조종당하기 쉬워져요.

70 악마의 발자국

공포 점수 💀💀💀

아침 일찍 잠에서 깬 저는 안개 낀 창문 밖을 보았어요. 그리고 창밖의 섬뜩한 광경을 보고 공포에 떨었어요. 하얗게 쌓인 눈 위로, 발굽이 갈라진 발자국이 현관문에서 뒷문까지 한 줄로 이어져 있었거든요. 저는 재

빨리 옷을 갈아입고 꽁꽁 언 땅 위에 찍힌 발자국을 따라 강으로 향했어요. 이웃 마을에서 들려온 소문처럼, 발자국은 강둑 옆을 따라 나 있었어요. 강은 세차게 흘렀고, 얼음장같이 차가웠어요. 이 근처에 악마의 발을 가진 사람이나 빨간 눈을 가진 늑대 같은 온갖 종류의 끔찍한 괴물들이 있다는 소문들이 이웃 마을에서 들려왔거든요. 그리고 말로만 듣던 그 괴물이 여기에 있었어요.

두려움에 제 무릎은 힘이 풀렸고, 공포가 파도처럼 밀려왔어요. 이 발자국은 지옥에서 온 사람 것이 틀림없어요. 저는 눈에 미끄러지고 엎어져 무릎에 상처까지 나면서 다급하게 집으로 돌아갔어요.

"엄마! 엄마!"

저는 엄마한테 쓰러지면서 소리 질렀어요.

"제가 소문으로만 듣던 악마의 발자국을 봤어요!"

두려움에 찬 소문이 한순간에 마을에 퍼졌어요. 마을 사람들은 이 이야기만 하고 있었어요. 집 주변과 농장, 눈이 덮인 지붕 그리고 높은 벽 위와 좁은 배수구에

까지 온통 발굽 모양 발자국에 대한 이야기만이 가득했어요. 하지만 아무도 마을을 돌아다니는 그 발자국을 보지는 못했어요. 아무도 그 정체가 무엇인지 알 수 없었어요.

다음날 아침, 저는 악마가 밤중에 새로운 발자국을 남겼는지 보러 밑으로 달려 내려갔어요. 그때 현관문에서는 흐느껴 우는 소리와 함께 문을 긁는 듯한 소리가 났고, 저는 그 소리에 이를 악물었어요. 두려움에 몸을 떨며 천천히 문에 다가갔어요. 가까이… 더 가까이… 저는 가족들이 일어나 있기를 기도했어요. 제 심장은 마구 뛰었고, 걸쇠를 조심스럽게 열었어요.

칠흑 밤같이 까만 고양이가 미친 듯이 울며 저에게 달려들었어요. 그 바람에 저는 거의 넘어질 뻔했어요.

"이 고양이 너무 귀엽다."

저는 안심하며 말했어요. 저는 고양이를 들어 따뜻한 부엌으로 데려가 무릎 위에 앉혔어요.

불 옆에서 고양이를 부드럽게 쓰다듬자 고양이는 저를 올려다보며 가르랑거렸어요. 그런데 그때 고양이가 바늘같이 날카로운 발톱으로 제 다리를 찔렀어요. 저는 너무 놀라 부모님을 부르려 했지만, 공포에 얼어붙어 움직일 수 없었어요.

고양이는 불타는 듯한 눈동자로 저를 노려보고는 저에게 덤벼들어 이빨로 제 목을 물었어요.

* 이 이야기는 1855년 영국 데본에서 있었던 아직 풀리지 않은 악마의 발자국 미스터리를 각색했어요.

로아노크의 사라진 마을

공포 점수 💀💀

저는 이제 곧 집으로 돌아가 가족과 친구들을 만난다는 생각에 한껏 들떠, 로아노크 해안가를 향해 노를 저었어요. 삼 년 동안 바다 건너에 살면서 너무 지쳤기 때문에 저는 빨리 집에 가고 싶었어요. 어서 집으로 돌아가 불가에 앉아 편히 쉬고 싶었고, 포근한 침대에서 자고 싶었어요. 하지만 마을은 어딘가 이상해 보였어요.

한때 마을에는 백 명이 넘는 사람이 살았어요. 헌데 오늘은 이상하게도 아이들이 노는 소리, 여자들이 노래 부르는 소리, 심지어 나무 베는 소리도 나지 않았어요. 마을에서는 아무 소리도 나지 않았고, 쥐 죽은 듯이 고요한 마을 때문에 전 무서워졌어요. 얼른 집으로 달려가 필사적으로 외쳤어요.

"저기요?! 여보? 집에 아무도 없어요?!"

부엌 탁자 위에 채소와 빵이 그대로 썩어 있었어요. 딸의 봉제 인형도 침대 위에 그대로 놓여 있었어요. 저는 이 집 저 집 전부 돌아다녔지만, 누구도 만날 수 없었어요. 백 명쯤 되는 마을 사람들이 전부 사라져 버렸고, 마을은 텅 빈 채 버려져 있었어요. 한때 사람으로 붐볐던 로아노크의 마을에는 그 무엇도 남아 있지 않았어요.

그때 나무들 사이로 움직이는 그림자를 보았어요. 저는 필사적으로 그것을 쫓아 갔어요.

"이봐요! 잠시만요! 모두 어디 갔는지 아시나요?"

하지만 그 그림자는 점점 멀어져, 깊은 숲속으로 사라져 버렸고, 애초에 그 사람이 왜 거기에 있었는지 의심이 들기 시작했어요.

딸의 방으로 돌아온 저는 딸의 침대를 본 순간, 공포에 사로잡혔어요. 침대 위에 놓여 있던, 딸이 좋아하던 인형은 온데간데없이 사라져 버렸고, 베개 위에는 피투성이 손자국만이 남아 있었어요.

* 이 이야기는 로아노크의 사라진 마을에 관한 실화를 바탕으로 각색했어요.

무섭지만 사실이에요!

1722년 유럽의 탐험가들이 칠레 해안에 있는 무인도 이스터 섬에 도착했을 때, 그들은 아주 기이한 광경을 발견했어요. 그곳에는 400개의 커다란 머리 조각상이 있었어요! 어떤 조각상들은 크기가 13피트(4미터)나 되었고, 무게는 14톤수(12.5톤)이나 되었어요. 하지만 누가 그 조각상들을 조각하였을까요? 그리고 어떻게 기중기나 지게차 심지어 바퀴가 발명되기 전에 이것들을 운반했을까요? 참 신기하지요!

72 춤추는 병

공포 점수 💀💀💀💀

안드레의 이웃 트로피아 부인은 어느 날 갑자기 춤추기 시작해 춤추는 것을 멈추지 않았어요. 안드레는 평소에 춤을 잘 못 췄어요. 그래서 춤추는 것을 매우 싫어했기 때문에 트로피아 부인과 같이 춤을 출 생각은 전혀 없었어요.

하지만 트로피아 부인은 자신이 원해서 춤추는 것이 아니라고 말했어요. 두 눈을 크게 뜬 채, 부인은 팔다리를 뻗거나 구부렸어요. 두 발로는 탭댄스 스텝을 맞추었으며, 몸을 빙빙 돌리거나 이리저리 꺾으며 춤을 췄어요.

트로피아 부인은 도저히 멈출 수가 없었어요.

그런데 잠시 후, 안드레의 여동생 젬마가 춤추기 시작했어요.

젬마는 무아지경으로 몸을 비틀고, 빙빙 돌며, 거리를 돌아다녔어요. 처음엔 그 광경이 재미있었지만 이내 곧 더 많은 사람이 춤추기 시작했다는 사실을 깨달았어요.

더 이상 그 광경은 재미있지 않았어요. 사람들은 춤추는 것을 멈추지 못했거든요.

"제발 춤 좀 그만 춰, 젬마."

안드레가 애걸복걸했지만, 젬마는 대답하지 않았어요. 마을 사람들은 땀을 흘리며, 얼굴이 붉어질 만큼 밤이고 낮이고 계속 춤을 췄어요.

"젬마, 제발 그만해!"

젬마는 죽음의 춤을 추고 있었고, 안드레는 계속해서 애원했어요.

"안드레, 날 좀 도와줘."

젬마가 거친 숨을 몰아쉬며 말했어요. 하지만 안드레는 뭘 해야 할지 몰랐어요. 그때 안드레의 발이 간지러워 오기 시작했어요…

"오! 안 돼, 안드레!"

안드레의 엄마가 흐느꼈어요.

"너마저도 이러면 안 돼!"

젬마에게 향하던 안드레가 자신의 왼발을 바라보았어요. 그의 왼발은 들리지 않는 리듬을 타며, 바닥을 두드리고 있었어요.

* 이 이야기는 1518년 프랑스 스트라스부르의 춤 추는 병에 관한 기이한 이야기를 각색했어요.

무섭지만 사실이에요!

1962년 아프리카에 있는 탕가니카(현재의 탄자니아)의 한 기숙 학교에서, 한 여자아이를 시작으로 웃음 전염병이 돌았어요. 웃음 전염병은 세 명의 여자아이에게 처음 전염되었고, 결국 95명의 학생에게까지 퍼졌어요. 이 재미있는 증상은 적게는 수 시간에서부터 길게는 16일 동안 지속되었다고 해요!

73 미라의 저주

공포 점수

용감무쌍한 인류학자 하워드 카터와 그의 조수 로드 카나번은 이집트 왕가의 골짜기에서 고대 무덤을 열었어요. 그리고 퀴퀴한 냄새가 번지는 어둠 속을 손전등으로 비추었어요. 무덤에는 값을 매길 수도 없을 만큼 귀한 보물들이 가득 차 있었어요.

"이제 우리는 부자다!"

로드 카나번은 소리쳤고 그 소리는 방 안에 울려 퍼졌어요.

"쉬이이잇!"

하워드가 속삭였어요.

"죽은 사람을 깨울지도 몰라."

하워드는 방의 구석에 있던 진짜 보물을 찾아냈어요. 유군 투탕카멘 왕의 신전을 말이에요. 하워드는 투탕카멘 왕의 관을 밀봉하고 있는 뚜껑을 부수었어요. 하워드의 심장은 쿵쾅댔고 얼굴에는 식은땀이 흘렀어요. 어린 왕은 양팔을 가슴 위에 올려놓은 채, 수천 년 동안 그 누구에게도 방해받지 않고 이곳에 누워 있었어요.

하워드는 미라 가면의 검은 눈이 번쩍하고 뜨이는 것을 보았고, 등 뒤로 소름이 쫙 끼치면서 목이 뻣뻣이 굳는 것을 느꼈어요. 하지만 하워드가 다시 미라를 봤을 때, 가면의 두 눈은 단단히 감겨 있었어요.

그건 하워드의 상상이었을 거예요. 그럼에도 하워드는 계속 조마조마해했고, 안절

부절못했어요. 소문에 의하면 죽은 이의 잠을 방해한 사람들은 미라의 저주에 걸리고, 그들에게는 죽음과 고통이 있을 것이라고 들었거든요.

"저주야."

하워드가 뒷걸음치며 중얼거렸어요.

"우리는 당장 나가야 해."

하워드와 로드는 어두운 터널을 조심스럽게 통과했어요. 처음 본 상형 문자들이 적혀 있었고, 이를 손전등으로 밝게 비추었어요. 두 사람은 끈적거리는 거미줄을 치우고, 잠자고 있는 코브라를 지나갔어요. 피에 굶주린, 거대한 모기들은 로드 카나번의 얼굴을 물어뜯었어요.

그날 밤, 로드 카나번이 벌레에 물린 곳에 고름이 가득 찼어요. 로드 카나번은 땀에 젖어 죽음의 기로에 서 있었고, 하워드는 로드에게 계속해서 부채질해 주었어요. 잔뜩 쉰 목소리로 로드 카나번이 가까스로 말했어요.

"미라의 저주를 조심하세요."

하워드의 상태 또한 그리 좋지 않았어요. 배에선 꾸르륵거리는 소리가 났고, 피부에선 열이 났어요. 가까스로 도움을 요청한 하워드는 고통에 몸부림치다 바닥에 쓰러졌어요. 하워드가 마지막 숨을 몰아쉴 때, 하워드는 미라의 앙상한 손이 자신의 목을 감싸는 것을 느낄 수 있었어요.

* 이 이야기는 투탕카멘 왕의 무덤을 찾아낸 탐험가들에게 일어난 불운한 일들을 각색했어요.

페루의 사막에는 나즈카 라인이라고 불리는 300개의 동물, 사람, 식물 그리고 기하학적 모양들이 새겨져 있어요. 하지만 놀랍게도 이 모양들은 하늘에서 봐야만 볼 수 있어요! 이 으스스한 기분은 뭘까요? 그 거대한 예술 작품은 기원후 200-400년경에 만들어졌는데, 이 시기는 비행기가 만들어지기 수백 년이나 전이에요! 외계인의 짓일까요? 아니면 문명화된 잉카 부족의 짓일까요? 여러분은 어떻게 생각하시나요?

74 마녀 재판

공포 점수

저는 법정에 있는 모든 사람이 저를 쳐다보고 있음을 느꼈어요. 저는 붉은색 옷 아래로 땀을 뻘뻘 흘리면서 법정에 앉아 있었어요. 지금 전 마녀라는 누명을 썼고, 감옥에 갇혔어요. 절 고소한 사람은 11살짜리 애버게일이었어요.

배심원단이 제 운명을 발표했어요. 제 손은 벌벌 떨렸고, 심장은 공포에 요동쳤어요. 법정에 있던 모든 사람이 제게 화형이 선고되길 원했어요. 하지만 맹세코, 저는 마녀가 아니에요. 그 마법 책은 제 것이 아니었어요.

배심원 대표가 평결을 읽어 내려갔고, 전 금방이라도 토할 것만 같았어요.

기소된 대로 유죄

금발 머리를 빨간 리본으로 두 갈래로 묶은 그 작은 여자아이는 법정에 앉아서 제가 절망하는 모습에 미소를 지었어요. 경비 요원들은 발길질하며, 울부짖고 있던 저를 법정에서 끌어냈어요.

"전 죄가 없어요!"

저는 소리 질렀어요.

"거짓말이에요, 다 거짓말이란 말이에요!"

전 배심원 중 한 명을 향해 발길질을 했고, 얼굴에 침을 뱉었어요.

그러고는 감옥에 갇히기 전에 독기 어린 눈빛으로 애버게일을 뚫어져라 쳐다봤어요. 애버게일은 엄마의 치마 속에서 울음을 터뜨렸어요.

"넌 후회하게 될 거야!"

방 건너편에 있던 애버게일을 향해 제가 손가락질하며, 선언했어요.

다음 날 아침, 형 집행 선고에 따라 저는 마을 광장에 설치된 나무 더미에 묶여 있었어요. 사람들이 저를 불태우기 전에 전 연기를 그만두기로 했어요. 그러고는 낄낄거리며 웃었어요.

맞아요. 사람들이 절 제대로 찾아낸 거예요. 제가 마녀라는 것을 말이에요.

그때 금색 털을 한 쥐 한 마리가 광장을 가로지르고 있었고, 그 쥐의 목엔 빨갛고 작은 리본이 달려 있었어요. 그리고 애버게일의 엄마는 군중 속에 서서 통곡하고 있었어요. 왜냐하면 애버게일이 어디에도 보이지 않았기 때문이었어요.

* 이 이야기는 1600년대에 있었던 세일럼 마녀 재판을 각색했어요.

에일리언 모어 등대

공포 점수 💀💀💀

"뭔가 단단히 잘못됐어."

항해 도중, 에일리언 모어 등대로 향하던 저는 순간 팔에 소름이 돋는 걸 느꼈어요. 원래대로라면 등대 불빛이 어둠에 휩싸인 바다를 밝게 비추고, 뾰족한 바위들을 조심하라고 주의를 주고 있었어야 하거든요.

하지만 등대의 불은 꺼져 있었어요.

오늘 밤 바다는 유난히 어둡고, 위험했어요. 거기다 등대의 불까지 꺼져 있었어요. 간담이 서늘해졌고, 저는 전갈을 보냈어요. '에일리언 모어 등대가 꺼졌다. 도움을 요청한다!'

우리는 조심스럽게 배를 정박시켰어요. 그러고는 등대에서 무엇이 나타날지 몰라, 두려움에 가득 찬 채로 등대 계단을 올랐어요. 방 안은 매우 추웠고, 불은 꺼져 있었어요. 부엌은 엉망진창이었고, 의자들은 여기저기 넘어져 있었어요. 여기에서 싸움이 있었던 모양이에요.

"누구 없나요!?"

153

제가 소리치자, 목소리가 계단을 타고 올라갔어요. 저는 세 명의 등대지기인 토마스와 제임스, 도날드의 방을 미친 듯이 찾았어요.

세 명 모두 사라져 버렸어요. 그렇다고 그들이 방에서 늦잠을 잤던 것도 아니었어요. 시계는 정확히 새벽 3시에 멈춰져 있었어요. 그 시간은 귀신과 영혼이 장난을 치려고 나온다는 마녀의 시간이었지요. 도대체 등대지기에게 무슨 일이 있었던 걸까요?

제가 등대를 떠나려고 발걸음을 돌렸을 때, 등대의 불이 다시 들어왔어요. 등대의 불이 바다를 비췄고, 저는 바다 쪽으로 걸어가는 세 쌍의 발자국을 보았어요.

* 이 이야기는 1900년 스코틀랜드에서 일어난 에일리언 모어 등대지기 실종 사건을 각색했어요.

CHAPTER 9

여러 가지 괴물들

76 프랭키 2.0

공포 점수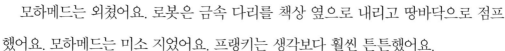

모하메드는 자신이 만든 인공 지능 안드로이드를 거의 완성해 가던 참이었어요. 안드로이드의 이름은 '프랑켄슈타인 괴물 2.0', 줄여서 '프랭키 2.0'이었어요. 컴퓨터 엔지니어인 모하메드는 지난 일 년 동안 직장에서 조금씩 부품들을 훔쳐 왔어요. 모하메드는 그렇게 천천히, 아주 조금씩 최첨단 로봇을 만들었어요. 프랭키는 말하고, 걷고, 감정을 표현할 줄 알았어요.

모하메드는 마지막 전선을 프랭키의 머더보드에 연결한 후, 프랭키의 머리 뒤에 있는 작은 문을 닫았어요. 모하메드는 이제 앱으로 이 기계를 켜기만 하면 되었어요.

"자, 이제 켠다."

모하메드는 '전원' 버튼을 누르며 속삭였어요.

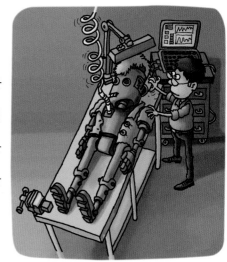

전선들이 윙윙거리는 소리를 내었고 프랭키는 책상 위에서 덜덜 떨렸어요. 로봇은 천천히 일어나 앉았고, 빨간색 형광 LED로 된 눈은 어두운 방을 비추었어요. 모하메드는 놀라움을 금치 못하며 한 걸음 뒤로 물러났어요.

"로봇이 살아났다!"

모하메드는 외쳤어요. 로봇은 금속 다리를 책상 옆으로 내리고 땅바닥으로 점프했어요. 모하메드는 미소 지었어요. 프랭키는 생각보다 훨씬 튼튼했어요.

"안녕, 프랭키."

모하메드는 말했어요. 프랭키는 눈을 반짝이고 머릿속의 연산 장치를 가동시키더니 모하메드 쪽으로 몸을 돌렸어요.

잠시 후, 프랭키가 입을 열었어요.

"프랭키 화났다."

로봇은 기계적인 말투로 말했어요. 모하메드의 전신에 오한이 들었어요. 왜냐하면 모하메드는 프랭키가 이렇게 말하도록 설계하지 않았거든요. 모하메드는 앱을 확인했어요. 핸드폰 화면은 깜빡거리고 있었고, 앱은 오류가 나 있었어요. 그리고 한 가지가 고장났다는 사실을 알 수 있었어요. 프랭키의 분노 수치가 위험할 정도로 올라가 있었거든요.

프랭키는 로봇처럼 모하메드에게 걸어가 모하메드를 벽에 밀쳤어요. 모하메드는 앱의 전원 버튼을 미친 듯이 눌렀지만, 이미 모든 것은 로봇이 조종하고 있었어요.

"프랭키 죽인다."

로봇은 모하메드 쪽으로 다가가 무쇠 손가락으로 모하메드를 잡으며 말했어요. 모하메드는 왜 이렇게 크게 로봇을 만들었을까요?

모하메드는 필사적으로 프랭키의 비상 차단 버튼을 누르려 노력했지만, 앱은 반응하지 않았어요.

무섭지만 사실이에요!

핼러윈은 2,000년 전 삼하인 축제라는 추수 감사제에서 시작되었어요. 삼하인 축제에서 사람들은 음식과 놀이들을 즐겼고, 세상을 떠난 사랑하는 사람들의 영혼을 연회에 초대했어요.

77 늑대 주의

공포 점수 💀💀💀

버디에게 있어서 아주 중요한 수학 시험이 다가오고 있었어요. 버디는 수학 시험이 너무 걱정되어 도저히 잠들 수가 없었어요. 새벽까지 이리저리 침대에서 뒤척이던 버디는 자는 것을 포기하고 옷을 갈아입었어요. 그러고는 아침 운동을 하려고, 자전거가 있는 정원 창고로 살금살금 걸어갔어요.

이슬 맺힌 풀 속을 걷던 중, 버디는 낮고도 위협적으로 으르렁거리는 소리를 들었어요. 버디가 조심스럽게 몇 걸음을 더 나아가자 털이 덥수룩하게 나고, 이빨을 드러낸 검은 늑대랑 마주쳤어요. 그 늑대는 이미 버디를 덮칠 준비가 된 것처럼 보였어요.

버디는 도저히 자신의 눈을 믿을 수가 없었어요. 집 마당에서 늑대가 대체 무엇을 하고 있는 걸까요? 버디의 심장은 빠르게 뛰었어요. 버디는 아빠가 가르쳐 준 대로, 늑대와 시선을 맞춘 채 아주 천천히 뒷걸음질 쳤어요.

늑대의 날카로운 이빨에서 침이 뚝뚝 떨어졌어요. 행여 뒤돌아서 도망친다고 해도 버디는 늑대에게서 벗어날 수 없을 것 같았어요.

버디와 늑대가 서로를 응시하던 중, 햇살 한 줄기가 수평선 위로 뻗어 나와 마당을 가득 채웠어요. 늑대는 고개를 숙이며 수풀 사이로 낑낑거리며 도망쳤어요. 버디는 울타리를 뛰어넘고 그 뒤에 숨어 초조해했어요. 그러고는 늑대가 어디로 갔는지 살펴보았어요.

그런데 수풀 사이에서 나온 건 늑대 대신 한 남자였어요. 그 남자는 새벽 햇살을 맞으며, 벌거벗은 채로 도망갔어요. 그러고는 빨랫대에 걸려 있던 천 한 장을 잡아챈 후 울타리를 뛰어넘어 시야에서 사라져 갔어요. 버디는 저 멀리서 들려오는 높은 울음소리에 몸을 부르르 떨었어요.

78 끔찍한 스노우맨을 찾아서
공포 점수 💀💀💀

저는 산 중턱에 있는 오두막에서 따뜻한 수유차를 마셨어요. 그러고는 불 앞에서 꽁꽁 얼어붙은 손가락과 발가락을 녹이며 앉아 있었어요.

우리의 히말라야산맥 탐험은 그리 순탄하게 흘러가고 있진 않았어요. 우리 팀은 아직 미고이 또는 끔찍한 스노우맨의 존재를 증명할 만한 증거를 찾지 못했거든요. 이제껏 우리가 찾은 것이라고는 끝없이 펼쳐진 눈뿐이었어요.

"우리 할머니는 미고이에 대한 이야기를 제게 들려주셨어요."

우리의 세르파와 가이드를 맡은 타시가 난로에서 나오는 반짝이는 빛에 얼굴을 비추며, 말했어요. 타시는 코를 부여잡았어요.

"미고이는 정말 지독한 냄새가 나서, 한 번 맡으면 절대 잊을 수 없대요."

그날 밤, 저는 바깥에서 나는 소리에 잠에서 깼어요. 저는 밖을 바라보았지만 거기엔 아무것도 없었어요.

탕! 탕! 탕! 다시 소리가 났어요!

저는 서둘러 손전등을 집어 들고는 오두막 밖으로 나와, 좁고 어두운 산길을 살금살금 걸어갔어요.

먼 발치에서 어떤 크고, 어두운 생물이 보였어요. 설마 끔찍한 스노우맨일까요? 그 생물을 놀라게 하지 않으려고 저는 손전등을 땅바닥으로 향하게 하고는 생물의 거대한 발자국을 따라갔어요.

가까이 다가갈수록 소리는 뚜렷해져 갔고, 소리의 정체가 분명해졌어요. 아까 전 그 소리는 생물이 단단한 발로 눈 위를 걷는 것이었어요. 그 생물에게서는 썩은 달걀과 쓰레기 냄새가 났고, 훅 끼쳐 오는 냄새에 제 콧구멍은 뒤틀릴 것만 같았어요.

저는 미고이가 어디에 있는지 보고자, 거대한 발자국의 위쪽으로 손전등을 비추었어요. 미고이는 제가 생각했던 것보다 가까 이에 있었고, 미고이가 제게로 오고 있다는 것을 알고는 저는 잔뜩 겁에 질려 뒷걸음질 쳤어요. 하지만 끔찍한 스노우맨은 저를 아 이처럼 안아 들고는 거대한 팔 아래에 단단 히 고정시켰어요. 저는 발버둥 치며, 비명을 질렀지만 때는 이미 늦어 버렸어요. 스노우 맨은 저를 눈이 덮인 산속으로 데려갔어요.

무섭지만 사실이에요!

괴물을 뜻하는 영어 'monster'는 라틴어 'monstrum'에서 기원했어요. 그것은 '비정상적인 것이나 사건'이라는 뜻이에요.

79 유니콘

공포 점수

에밀리는 숲길 저 멀리서 정말로 믿기 힘든 광경을 목격했어요. 그건 마치 새하 얀 말처럼 생겼고, 무지개 색깔 갈기를 가졌고, 이마에는 원뿔 모양의 뿔 하나가 튀어나와 있었어요. 에밀리는 헉 하고, 소리를 냈고 그 생물을 더 자세히 보기 위해, 나무 뒤쪽에 쭈그리고 앉았어요. 설마 저건… 유니콘일까요? 진짜 살아 있는 유니콘? 오늘은 태어나서 제일 운이 좋은 날 같아요! 유니콘은 거대한 머리를 휘둘렀고, 목과 등에서 갈기가 찰랑찰랑 흔들렸어요. 에밀리는 유니콘을 타면 어떤 일이 일어날지 궁금해졌어요.

그때 유니콘 옆에서 나무 잔가지가 딱, 하며 부러졌어요. 거기엔 작은 다람쥐가 풀을 뜯고 있는 마법의 생명체에게는 신경도 쓰지 않은 채, 킁킁거리고 있었어요.

그런데 갑자기 유니콘의 머리가 다람쥐를 향했고, 에밀리는 유니콘이 그 불쌍한, 작은 생명체를 뿔로 찌르는 광경을 목격하고는 공포에 질렸어요. 유니콘은 죽은 다람쥐 시체를 옆에다 던져 버렸어요.

그리고 유니콘은 천천히 돌아, 에밀리를 쳐다봤어요. 유니콘의 뿔에선 피가 뚝뚝 흘렀고, 코를 힝힝대며, 땅을 매섭게 발로 찼어요. 유니콘은 에밀리를 향해 달릴 준비를 하고 있었어요.

80 그것은 저 밑 깊은 곳에서 왔어요

공포 점수 💀💀💀💀💀

앰버는 두 눈으로 괴물을 보기 전에, 괴물이 있다는 것을 느꼈어요.

앰버가 이어폰을 낀 채로 춤을 추며 도시를 활보하고 있었을 때 발밑의 땅이 흔들리는 것을 느꼈어요. 가로등을 부여잡고 있던 앰버는 주변에 있는 사람들이 뛰어가며 뭐라고 소리치는 것을 보았지만, 음악 소리 때문에 뭐라고 하는지는 듣지 못했어요. 그때 가게의 유리가 깨졌고, 유리 조각들은 그녀를 덮쳤어요.

지나가던 한 행인이 앰버의 귀에서 이어폰을 뽑았고 공포에 찬 눈으로 하늘을 손가락으로 가리켰어요.

"도망쳐요!"

괴물은 마치 공룡과 커다란 도마뱀 사이에서 태어난 것과 같이 생겼고 몸집이 정말 컸어요. 몸집이 얼마나 컸냐면 괴물이 도로에서 고층 빌딩 사이로 쿵쿵거리며 걸을 때에는 한낮의 햇살들도 괴물의 몸에 전부 가로막힐 정도였거든요. 괴물은 건물 옥상에 있는 안테나를 물어뜯어 우그러뜨렸어요. 앰버는 주차된 차 뒤에 쭈그려 앉아 괴물이 자신을 보지 못하기를 기도했어요.

"얘야, 조심해!"

한 소년이 앰버 옆을 지나가며 외쳤어요. 괴물은 앰버가 숨어 있던 자동차를 발톱으로 들어 올려 마치 장난감 차를 던지듯 길 건너편에 던져 버렸어요.

괴물은 크게 포효했고 괴물의 코에서는 불꽃이 뿜어져 나왔어요. 앰버는 건물 잔해와 뒤집혀진 차를 피하며 길 아래로 달렸어요.

괴물은 바로 뒤에 있었고, 숨결에서는 썩은 물고기와 같은 냄새가 났어요.

앰버는 하수구에 발이 걸려 땅바닥에 넘어졌어요. 손과 무릎으로 열심히 앞으로 기어갔지만, 앰버가 뒤를 돌아봤을 때에는 이미 괴물이 위에 있었어요. 거대한 발바닥이 눈에 들어왔고, 앰버는 비명을 지르며 두 눈을 질끈 감았어요.

무섭지만 사실이에요!

여러 종류의 괴물들이 수백 년간 여러 책에서 이야기되어 왔어요. 유명한 가상 괴물에는 드라큘라 백작, 프랑켄슈타인, 늑대 인간, 미라 그리고 좀비가 있어요. 아, 그리고 볼드모트라고 불리는 사람도 있지요!

81 빨려 들어가는 느낌

공포 점수 💀💀

토니는 삼촌의 피자집인 슬라이스에서 접시를 닦고 있었어요. 아무도 궁금해하진 않겠지만 만약 누가 토니에게 그 가게의 위생 상태가 어떤지 물어봤다면,

그 가게는 문을 당장 닫았을 수도 있어요. 가게에는 바퀴벌레들이 득실댔고 가게에 살고 있는 쥐는 남은 음식물 찌꺼기를 먹으며 살고 있었거든요.

접시 닦이는 토니가 꿈꿔 왔던 직업은 아니지만 용돈이 필요했기 때문에 실비오 삼촌네 가게에서 일하고 있었어요. 그래도 실비오 삼촌은 일한 대가로 돈을 주셨거든요. 거의 대부분은 말이에요.

토니는 싱크대의 마개를 뺐지만 싱크대가 막혀 있었어요… 또다시 말이에요. 토니는 한숨을 쉬며 배수관 청소용 액체를 집어 배수구에 쏟아부었어요. 하지만 배수관은 뚫리지 않았어요.

"삼촌! 배수관이 막혔어!"

토니는 토니가 일을 할 때 항상 밖에서 커피를 마시고 있던 삼촌에게 외쳤어요.

"뚫어뻥을 사용해 봐!"

실비오 삼촌이 대답했어요. 토니는 뚫어뻥으로 열심히 펌프질을 해 봤어요. 소용이 없네요. 토니는 탁한 물 안으로 손을 집어넣어 꽉 막힌 파이프 안에 손가락을 꼼지락거리며 집어넣었어요.

무언가 끈적한 것이 손가락 주변에 붙어 손가락을 둘러쌌어요. 그 끈적한 것은 매우 부드럽고 끈적거렸어요. 그 덩어리가 토니의 손목을 감싸더니 안쪽으로 잡아당기기 시작했어요.

토니는 비명을 지르며 팔을 빼려 노력했지만 이미 겨드랑이 부분까지 배수구에 빨려 들어간 상태였어요. 실비오 삼촌이 달려 들어와 토니의 허리를 잡아당겼지만 그 끈적끈적한 생물은 토니의 팔 전체를 감싸 배수구로 빨아들이고 있었어요.

실비오 삼촌은 표백제 한 통을 잡아 그 덩어리에 뿌렸어요. 그러더니 그 생명체는 쩍 하는 소리를 내며 토니의 팔을 놓고 배수구 안으로 다시 들어갔어요.

토니는 검고 끈적하고 멍투성이가 된 팔을 들어 올렸어요. 토니는 더러운 앞치마를 의자에 벗어 던지고 드디어 말했어요.

"실비오 삼촌, 나 그만둘래!"

* 이 이야기는 '블롭'이라는 고전 공포 영화를 각색했어요.

82 네시를 찾아서

공포 점수

칼럼은 네스호 위 아빠의 낚싯배 안에 앉아서 언제쯤이면 집으로 돌아가 생선 튀김을 먹을 수 있을지 궁금해하고 있었어요. 아무래도 오늘은 아무것도 잡지 못할 것 같았거든요.

얼음장같이 찬바람이 칼럼의 귀를 때렸고, 칼럼은 스카프를 더욱 단단히 맸어요. 물고기들이 휴가를 간 것임에 틀림없어요.

"오늘은 입질이 없네."

마침내 아빠가 말했어요.

"칼럼, 이제 짐 쌀까?"

"네!"

칼럼이 좋아서 대답했어요. 낚싯줄을 다시 감고 있는데, 그때 끝에서 무언가가 잡아당기는 듯한 느낌이 들었어요. 물고기예요!

칼럼은 배에서 일어서서 낚싯줄을 감으려고 했지만 너무 힘센 물고기라 도저히 역부족이었어요.

"내가 할게!"

아빠가 낚싯대를 잡으며 말했어요.

"와! 큰 물고기인가 보네!"

낚싯대가 아빠의 손에서 벗어나 날아가 버렸어요.

잠시 후, 한 바다 생물이 입에 낚싯대와 낚싯바늘을 물고 물속에서 나왔어요. 칼럼은 놀라 배 바깥으로 떨어질 뻔했어요. 그 생물은 공룡과 같은 긴 목을 가졌고, 등에는 혹 두 개를 달고 있었어요. 크기는 거의 버스만 했어요!

"저건 네스호의 괴물이야!"

아빠가 소리 질렀어요.

"그 전설이 진짜였어!"

그 괴물이 고통스러운 듯 끼룩끼룩대며, 배를 향해 다가오자 칼럼은 두려움에 몸을 덜덜 떨었어요. 괴물이 날카로운 이빨을 드러내며 배를 흔들었고, 칼럼은 공포에 질렸어요.

"괴물의 입에서 낚싯바늘을 빼내렴!"

아빠는 모터를 켜려고 시도하며 소리 질렀어요.

"거기까지 손이 닿겠니, 칼럼?"

칼럼은 손을 떨며, 고통에 울부짖고 있는 괴물 쪽으로 다가갔어요.

"진정해, 네시. 날 물지 마."

칼럼이 속삭이며, 천천히 네시의 입에서 날카로운 낚싯바늘을 빼냈어요. 그 괴물은 꼬리를 흔들며 다시 물속으로 들어가 강의 밑바닥으로 돌아갔어요.

* 이 이야기는 네스호의 괴물 전설을 가색했어요. 네스호의 괴물은 공룡처럼 생겼고, 물속에서 살고 있으며, 깊이 가 24마일이나 되는 스코틀랜드 네스호에서 목격되어 왔어요.

드라큘라 백작의 아들

공포 점수

블래드는 트란실바니아에서 온 새 교환 학생이에요. 블래드는 우리 집에서 6개월 동안 함께 살기로 되었어 요. 저는 블래드를 만날 생각에 기뻤지만, 블래드가 집 을 찾아왔을 때 얼굴이 매우 창백하고 아파 보였어요.

"제가 집을 나오기 전에 뭐에 좀 물려서요."

블래드는 설명했어요.

저는 블래드의 피부가 심하게 탄 것과 같이 빨갛게 부푼 곳을 보았고, 블래드는 빨갛 게 탄 피부를 긴 소매로 숨기려 하고 있었어요.

"몸이 안 좋을 땐 한숨 푹 자면 나아지더라고요."

블래드는 짐을 손님방에 가져가고 문을 닫으며 말했어요.

하지만 다음 날 블래드는 하루 종일 침대에서 나오지 않았고, 그다음 날도, 또 그다 음 날도 마찬가지였어요.

"블래드는 정말 이상한 거 같아요."

저는 엄마에게 불평했지만, 엄마는 큰 소리로 저를 조용히 시켰어요.

블래드가 마침내 방에서 나왔을 때에는 시간이 이미 자정 가까이가 되었어요. 그리 고 저는 블래드가 피투성이가 된 손으로 생고기를 냉장고에서 꺼내 질근질근 씹어 먹고 있는 것을 보았어요.

저는 불을 켰고, 블래드는 고기를 떨어뜨리고는 고개를 돌려 저를 쳐다봤어요. 블래드는 매우 긴 송곳니를 가지고 있었어요! 저는 이제부터 블래드의 디저트가 되는 걸까요?

그때, 블래드는 작은 갈색 박쥐로 변해 부엌의 형광등 주위를 몇 바퀴 날아다니더니, 부엌 창문으로 곧장 날아가 다시는 돌아오지 않았어요.

84 사탕 아저씨

공포 점수 💀💀💀💀💀

우리들은 밤샘 파티에서 야식을 실컷 먹으며, 온갖 무서운 이야기를 공유했어요. 그런데 사촌 앨리스는 '사탕 아저씨' 놀이로 우리가 죽은 자의 영혼을 부를 수 있는지 시험해 보고 싶어 했어요.

"앨리스, 나 무서워."

우리는 앨리스의 침실에 있는 거울 주위로 모였고, 저는 앨리스에게 속삭였어요.

"나는 네가 사탕을 좋아하는 줄 알았는데."

앨리스가 저를 놀렸어요.

"그래, 나도 할게."

앨리스는 거울을 보더니, 얼굴에서 미소를 지우고는 진지한 표정을 지었어요.

"…사탕 아저씨, 사탕 아저씨, 사탕 아저씨, 사탕 아저씨."

앨리스가 말했어요.

"잠깐!"

제가 앨리스의 말을 가로막았어요.

"만약 그 사람이 악마면 어떡해?"

"…사탕 아저씨."

앨리스는 주문을 끝냈어요.

"이걸로 다섯 번이었지. 자, 이제 거울 속을 보자."

"너 저거 보여?"

저는 거울 속에서 무언가가 나타나는 것을 보고는 꿀꺽, 침을 삼키며 속삭였어요. 두꺼운 트렌치코트를 입은 남자의 모습이 거울 속에 나타났어요.

앨리스는 사탕 아저씨를 향해서 손을 흔들었고, 사탕 아저씨도 우리를 향해 손을 흔들었는데… 그런데 사탕 아저씨의 손은 갈고리였어요!

사탕 아저씨가 코트를 열자 거기에 피부는 하나도 없고 벌 떼에 뒤덮인 갈비뼈만이 있었어요. 벌들은 제 볼을 마구 쏘았고, 저는 얼굴을 바쁘게 털어 냈어요. 금세 수천 마리의 벌이 방 안을 가득 채웠어요. 벌들은 쉬지 않고 우리를 쏘았어요. 그때 사탕 아저씨가 거울 밖으로 나왔고, 우리는 비명을 질렀어요.

"거울이야!"

앨리스가 외쳤어요.

"거울을 깨 버리면 사탕 아저씨도 없어질 거야!"

저는 방구석에 있던 앨리스의 소프트볼 배트로 거울을 산산조각 내었어요. 그때 앨리스의 부모님이 방 안으로 달려와 불을 켰어요.

사탕 아저씨는 사라져 있었고, 방 안에는 산산조각 난 유리와… 벌 한 마리가 날아다니고 있었어요.

* 이 이야기는 도시 전설인 '사탕 아저씨'를 각색했어요.

CHAPTER 10
숲속으로는 들어가지 마

85 소름 끼치는 셀카

공포 점수 👻👻👻👻

    산드라가 처음으로 혼자 숲속을 트레킹하고 있었고 조금 조마조마한 마음이 들었어요. 하지만 야생에서 밤에 혼자 지낼 수 없다면 야외 모험 가이드는 될 수 없거든요. 산드라는 의지를 다지기 위해 자신에게 되뇌었어요. 분명 다 괜찮을 거야.

    나무들 밑으로 해가 지고, 산드라는 텐트를 치고 성냥 한 개비를 이용해 불을 피워 저녁을 만들었어요. 즉석 라면을 후루룩 먹고 있는데, 숲속에 다른 누군가가 있는 듯한 이상한 느낌을 받았어요. 그러더니 갑자기 어둠 속에서 부스럭거리는 소리가 들렸고 산드라는 놀라서 펄쩍 뛰었어요!

    산드라는 울창한 소나무 숲 안으로 손전등을 비추었어요.

"이봐요!"

산드라가 외쳤어요.

"거기 누가 있나요?"

부스럭거리는 소리가 멈추더니 다람쥐 한 마리가 캠프장을 가로질러 갔어요. 산드라는 안도의 한숨을 쉬었어요. 그냥 동물이었어. 걱정할 건 아무것도 없어.

    산드라가 침낭 안으로 파고들어 갔을 때, 부스럭거리는 소리가 다시 들려왔어요. 그리고 이번에는 그 소리가 텐트 바로 바깥쪽에서 나고 있었어요.

"그냥 다람쥐일 거야."

산드라는 두 눈을 질끈 감으며 중얼거렸어요. 다음 날 아침, 산드라는 재빨리 짐을 싸 다시 산책로를 걷기 시작했어요. 산드라는 아름다운 폭포를 지나면서 사진을 찍기 위해 핸드폰을 꺼냈어요. 산드라가 자신이 찍은 사진을 보러 앨범을 연 순간 온몸이 오싹해지는 것을 느꼈어요. 핸드폰에는 산드라가 찍지 않은 캠프 사진들도 있었어요…. 그 사진들은 산드라가 텐트에서 자고 있는 모습을 가까이서 찍은 사진들이었어요.

산드라는 뒤에서 나뭇가지가 부러지는 소리를 들었고, 고개를 천천히 돌려 사진을 찍은 사람과 눈이 마주쳤어요.

산드라는 비명을 질렀고, 그 이후 그 숲에서는 더 이상 아무 소리도 나지 않았어요.

무섭지만 사실이에요!

몇백 년 동안 수풀이 우거진 지역에서는 거의 6-9피트(1.8-2.7미터)나 되는 키에 덩치가 크고 어두운 털로 뒤덮인 유인원같이 생긴 생물이 목격되어 왔어요. 그 생물은 빅풋이나 사스콰치라고 불려져 왔어요. 심지어 현재는 '빅풋 현장 연구원 조직'이라는 빅풋이 존재하는 결정적인 증거를 찾는 집단도 있어요.

86 히치하이커가 가져온 놀라움

공포 점수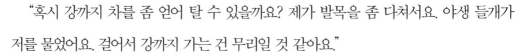

주유소와 허름한 식당의 네온사인이 반짝이고 있었어요.

100마일 안에 있는 유일한 햄버거집

"지금 밥을 먹는 게 낫겠어."

누나 사만다가 말했어요.

"아직 강까지 가려면 꽤 남았어."

누나와 저는 텅 빈 식당에서 치즈 버거를 몇 개 먹어 치운 후에 차로 돌아갔어요. 그런데 사람 없는 주차장에는 밝은색의 재킷을 입고 차 옆에 몸을 기대고 있는 수염 난 도보 여행자가 있었어요. 그 남자는 고통스러운 얼굴을 하고 있었어요.

"이봐요!"

그 남자가 말했어요.

"혹시 강까지 차를 좀 얻어 탈 수 있을까요? 제가 발목을 좀 다쳐서요. 야생 들개가 저를 물었어요. 걸어서 강까지 가는 건 무리일 것 같아요."

우리는 여행자를 위아래로 살펴보았어요. 그 남자는 우리랑 나이가 많이 차이 나지 않아 보였어요. 그리고 위험한 사람같이 보이지도 않았고요.

"좋아요, 타세요."

사만다는 말했어요.

"감사해요. 빨리 화장실만 갔다 와도 되나요?"

여행자는 가방을 뒷자리에 던지고는 다리를 절며 화장실로 들어갔어요.

"저희가 섬으로 가는 페리를 타야 해서요."

저는 말했어요.

"2분만에 갔다 올게요!"

남자는 약속했어요. 우리는 차 안에서 기다렸어요. 사만다는 시계를 보며 한숨을 쉬었어요.

"오늘 있는 마지막 페리를 놓치면 안 되는데."

사만다는 발을 액셀에 올리고는 다친 여행자를 놓고 출발했어요.

"누나! 우리가 그 사람한테 차  를 태워 주겠다고 말했잖아!"

"내 알 바 아니지."

사만다는 말했어요.

"으, 우리 그 사람의 물건을 가지고 있다고."

저는 남자의 가방을 손에 들었어요.

"날이 어두워지고 있어."

사만다는 하늘에 뜨고 있는 보름달을 가리키며 말했어요.

"우린 분명 이미 돌아오는 보트를 놓쳤을걸?"

그러던 중 우리는 식당 쪽에서부터 나는 무언가의 울음소리를 들었어요. 저는 뒤를 보았고 거기에는 커다란 늑대가 날카로운 이빨을 앙다물고 있었어요. 그 늑대는 밝은색의 재킷을 입고 있었고 우리를 향해 점점 빠르게 달려오기 시작했어요.

87 귀신 연인

공포 점수 💀💀💀

"전설에 의하면 말이야."

인적 없는 장소에서 하룻밤 묵기 위해 텐트를 치고 있을 때 친구 케이든이 말했어요.

"몇 년 전에 한 남자가 죽은 아내의 재를 여기에 뿌렸다고 해. 그래서 사람들은 여기가 귀신에 씌었다고 그래."

"참도 그렇겠다."

저는 코웃음을 쳤어요.

"여기서 밤을 잘 보낼 수 있겠어, 개브?"

케이든은 말했어요.

"너야말로 이 텐트 좀 잘 칠 수 있겠어?"

저는 떽떽거렸어요.

"아니면 우리는 모두 빗속에서 자게 될걸?"

케이든은 제가 무서워하지 않는 모습에 실망하며 한숨을 쉬고 텐트 기둥을 땅바닥에 박았어요.

"너 참 재미없다."

그날 밤, 저는 침낭에서 뒤척이고 있었고 바깥에서는 여자의 노랫소리가 들려왔어요. 저는 손전등으로 바깥을 비추어 봤지만, 거기에는 아무도 없었어요. 제가 다시 눕자, 오래된 노래가 큰 소리로 연주되기 시작했어요. 주위 몇 마일 안에 있는 사람이라고는 우리밖에 없는데 이 음악은 어디서 나오고 있는 걸까요? 저는 바깥을 다시 살펴보았고 나무들 사이에서 긴 레이스가 달린 옛날 드레스를 입고, 장갑을 끼고 춤을 추고 있는 한 여자를 봤어요. 소스라치게 놀란 저는 케이든을 깨웠어요.

"저기에… 저기 밖에 뭔가 있어. 여자가 한 명 있어. 내 생각에는 유령인 것 같아."

케이든은 바깥을 봤지만 여자는 이미 사라져 있었어요.

"좋은 시도였어, 개브."

케이든은 그렇게 말하고 돌아누워 다시 잠들었어요.

다음 날 아침, 케이든은 화장실에 갔다가 금세 돌아왔어요.

"참 재미있네, 개브."

그는 말했어요.

"무슨 소리야?"

저는 텐트에서 공터로 나오며 말했어요. 모닥불 주변에는 돌들이 하트 모양으로 늘어져 있었고 돌로 B.R.이라는 글자도 만들어져 있었어요.

"이거 네가 했지, 그렇지?"

케이든은 물었어요.

"내가 아니야. 정말로! 난 저 B.R이 뭘 말하는 건지도 모르겠는걸."

저는 혼란스러워하며 말했어요.

"알았어. 네가 모른다고 해 줄게. 참고로 이 게 무슨 뜻이냐면."

케이든은 말했어요.

"B.R.은 벤자민 로버트를 뜻하는 거야. 그 사람은 바로 수백 년 전에 아내의 재를 여기서 뿌렸던 장본인이지."

만약 당신이 귀신을 체험하고 싶으면 루마니아의 트란실바니아에 있는 호아나무 숲에 꼭 가보세요. 그곳에 간 도보 여행자와 야영객들은 그 장소에서 안 좋은 일이 일어날 것만 같은 느낌과 이상한 두려움과 같은 특이한 느낌을 받았다고 해요. 그리고 그곳에서는 설명 불가능한 빛이나 유령 목격담 같은 형상들이 목격되어 왔어요.

88 만약 당신이 오늘 숲속으로 간다면…

공포 점수 💀💀💀

안개가 걷혔고, 저는 남들보다 훨씬 앞서 있었어요. 이대로만 간다면 학교의 길 찾기 시합에서 우승할 것이라고 확신했어요. 우리 반 친구들은 수 킬로미터 뒤 어딘가에 있었거든요. 저는 제 나침반과 지도를 확인하고 결승점 앞에 있는 목초지로 향했어요.

저 멀리서, 저는 제가 가는 길 앞에 크고 검은 흐릿한 형상이 있는 것을 보았고 발걸음을 멈추었어요.

저건 흑곰일까요? 저는 주머니에 있는 후추 스프레이를 꽉 쥐었어요. 곰과 만났을 때 하면 안 되는 행동은 바로 놀라서 달아나는 것이에요.

저는 천천히 몸을 낮추며 그 곰이 저를 노리지 않기를 빌었어요. 저는 그 생물을 계속 지켜보았고, 그 생물이 사람처럼 일어서서 두 팔을 옆구리에 두는 것을 보고 큰 충격을 받았어요. 저건 곰이 아니었어요. 저건 유인원 같은 것이었어요!

그 생물은 큰 걸음걸이로 저에게 다가오기 시작했어요. 제 이빨은 두려움에 딱딱 맞부딪쳤고, 땅바닥에 엎드려 그것이 저를 보지 못했길 빌었어요. 그 생물은 적어도 2미터는 되는 것 같았고, 덥수룩한 털이 온몸을 뒤덮고 있었으며 근육들이 울룩불룩하게 나와 있었어요.

저는 거친 숨소리와 함께 가방에서 핸드폰을 찾았고, 식은땀은 얼굴을 타고 줄줄 흘러내렸어요. 길 찾기 대회 따위는 이제 잊어도 돼요. 만약 제가 이 이상한 생물의 사진을 찍는다면 저는 정말 유명해질 거예요! 저는 그 유인원을 찍기 위해 핸드폰을 켰고 그와 동시에 땅이 울리는 것을 느꼈어요. 카메라 화면을 보니 유인원이 저에게 달려들고 있었어요. 그리고 저는 공포에 질려 바라보는 수밖에 없었죠.

무섭지만 사실이에요!

츄파카브라는 남아메리카의 시골에서 돌아다닌다는 전설의 동물(예티와 같이 존재하지 않을 수도 있는 동물)이에요. 이 이름의 뜻은 말 그대로 '염소를 마시는 존재'인데요, 그 이유는 농부들이 츄파카브라가 가축을 공격해 피를 마시고, 특히 염소를 좋아한다고 말했기 때문이에요.

89 숲속의 탑

공포 점수 💀💀💀💀

대니시와 애밋은 매우 울창한 삼림 지대의 안쪽 깊이까지 하이킹을 갔어요. 그곳에서는 둘의 목소리가 큰 나무들 사이로 울려 퍼지고 있었어요. 이상하게도 주요 도로를 벗어나고 나서는 새가 지저귀는 소리를 한 번도 듣지 못했어요. 삼림 지대 전체가 무서울 정도로 조용했어요.

"우리 이제 되돌아가야 하지 않을까?"

애밋은 말했어요.

"아빠가 어두워진 다음에는 여기에 오지 말라고 하셨단 말이야."

그 둘은 숲속 샐리에 관한 이야기를 들었어요. 몇 년 전, 한 여자아이가 숲의 한가운데에 있는 탑에 갇혀, 물도 음식도 없이 굶주리도록 내버려졌다고 해요. 그리고 그 여자아이는 굶주림과 고통 속에서 죽었다고 해요. 전설에 의하면 샐리의 귀신은 어두운 밤에 차 앞에 나타나 사고를 일으킨다고 하더라고요. 작년에는 여섯 번의 차 사고가 있었고, 모두 다 사고의 이유가 밝혀지지 않았다고 해요.

"조금만 더 가 보자."

대니시는 말했어요.

"나는 샐리의 탑을 찾고 싶단 말이야."

조금 뒤, 둘은 탑을 찾았어요. 대니시와 애밋이 수풀 속에서 걸어 나오자 그 앞에는 덩굴들이 뒤덮인 무너져 가는 돌탑이 있었어요.

"한 번 올라가 보자."

대니시는 말했어요.

"절대 싫어!"

애밋은 말했어요.

"우리가 저 멍청한 탑을 찾았으니까, 이제 빨리 여기서 나가자."

하지만 대니시는 탑에 다가가 문을 어깨로 강하게 밀어 보았어요. 애밋은 결국 포기하고 대니시를 돕기 위해 가까이 다가갔어요. 마침내, 문이 활짝 열렸어요.

대니시는 흐릿한 조명 속에서 손으로 이끼투성이인 벽을 만지며 조심스럽게 부서진 나선형 계단을 올라갔고, 애밋은 대니시의 뒤에 바짝 붙어 따라갔어요.

둘이 계단을 절반가량 올라갔을 때, 고통스러운 비명이 적막을 가르며 위에서 들려왔어요. 대니시와 애밋은 서로를 붙잡고 바깥으로 도망쳐 나와 샐리가 그들을 발견하기 전에 빠르게 숲을 나가려 했어요.

탑의 앞에서는 아빠가 짜증이 난 표정으로 아이들을 기다리고 있었어요.

둘은 아빠를 아무 말 없이 빠르게 지나쳤어요. 그리고는 차 안으로 뛰어들어 백지장 같이 창백한 얼굴로 자리에 앉았어요.

아빠는 엔진을 켜고 차를 몰기 시작했어요.

"얘들아, 내가 늦기 전에…"

아빠는 누더기를 입은 여자아이가 차 앞으로 나오는 것을 보고 급하게 브레이크를 밟았고 차는 도로에서 미끄러졌어요.

* 이 이야기는 '숲속의 샐리'를 각색했어요.

90 장난꾸러기의 실수

공포 점수 💀💀💀💀

카이는 다 같이 캠프파이어 노래를 부르는 자리에서 몰래 빠져나와 오두막집으로 돌아왔어요. 카이는 친구 잭슨을 놀라게 하기 위해 가져온 무섭게 생긴 하키 가면을 짐에서 꺼냈어요. 카이와 잭슨은 여름 내내 서로에게 계속 장난을 쳤고, 그 장난의 정도는 점점 심해져 가고 있었어요.

카이는 불을 켜는 스위치를 올렸지만 불이 켜지지 않았어요. 카이는 한숨을 쉬며 손전등을 집었어요. 이 캠프장은 발전기로 돌아가고 있었고, 이번 여름 동안에 이미 두 번이나 정전됐었거든요. 참 귀찮네요. 카이는 약한 손전등 빛에만 의존해서 가방을 계속 뒤졌어요. 그런데 가면을 조심스럽게 넣어 두었던 옆 주머니 안에 가면이 없어졌어요. 카이는 가방을 바닥에 놓고 가방 속을 뒤지며 계속해서 가면을 찾아보았어요. 하지만 거기에는 가면이 없었어요. 참 이상하네요.

카이가 오두막집 문을 두드리는 느린 노크를 들었을 때, 바로 무슨 일이 일어났는지 눈치챘어요. 카이는 문을 열어 카이가 잃어버린 하키 가면을 쓰고 있는 잭슨을 맞이했어요.

"참 재미있네, 잭슨."

카이는 말했어요.

"이제 가면 벗어
도 돼. 너인 줄 알고
있어."

어두운 오두막집
안에서 제대로 알아
보기는 힘들었지만,
순간 카이는 그 사람
이 잭슨보다 훨씬 크
다는 것을 눈치챘어
요. 그리고 그 사람

은 진짜 칼을 손에 쥐고 있는 게 아니겠어요?

카이는 뒷걸음질을 치다 가방에 걸려 넘어졌어요. 무서운 목소리가 마스크 밑에
서 말했어요.

"잭슨은 누구지?"

무섭지만 사실이에요!

브레일리 연못은 버지니아에 있는 귀신 들린 캠프장이에요. 이 장소에서는 몇 번이나 살인이
일어났었는데, 야영객들은 여기서 아이들의 목소리를 듣거나 영혼이 물 위를 떠다니는 것을
보았다고 해요.

91 숨바꼭질

공포 점수 💀💀💀💀

"1… 2… 3… 4… 5…."

스카우트 단장인 라미에즈 씨가 외치는 동안 우리는 숲속에 흩어져 숨기 좋은 장소를 찾고 있었어요.

제 가장 친한 친구인 제스퍼는 속이 텅 비고 벌레들로 가득한 나무 안에 기어들어 갔어요.

"카를로스, 이 안으로 들어와!"

제스퍼는 속삭였어요.

"여기에 아직 빈 공간이 많아."

"아니, 괜찮아."

저는 몸을 떨며 말했어요. 저는 가까이에 있는 쓰러진 나무 뒤에 쭈그리고 앉아 기다렸어요.

"다 숨었니? 이제 찾으러 간다!"

라미에즈 씨가 소리쳤어요.

저는 라미에즈 씨가 아이들을 한 명, 한 명 찾을 때마다 최대한 가만히 있으려고 노력했어요. 라미에즈 씨는 나무 뒤에 숨어 있는 저를 발견했고, 저는 손바닥을 든 채로 자리에서 나왔어요.

"카를로스, 제스퍼가 어디 있는지 혹시 아니?"

라미에즈 씨가 물어봤어요. 저는 속이 빈 통나무 쪽을 바라봤고, 라미에즈 씨는 바로 그쪽으로 향했어요.

"제스퍼!"

라미에즈 씨가 외쳤어요.

"어디 있니? 나오렴!"

라미에즈 씨는 통나무 안으로 기어들어 갔다가 당황한 표정으로 다시 나왔어요.

"제스퍼는 여기 없는데?"

라미에즈 씨가 말했어요.

저는 당황하며 통나무를 바라보았어요.

"여기 있어요!"

저는 통나무 안쪽의 어두운 터널로 기어들어 가며 말했어요. 하지만 거기에는 끈적거리고 미끈거리는 곤충들밖에는 없었어요.

우리는 삼십 분 동안 제스퍼의 이름을 부르며 숲을 뒤져 보았어요. 하지만 제스퍼는 사라진 상태였어요. 결국 라미에즈 씨는 경찰을 불렀어요.

"수색 팀과 구조 팀이 이쪽으로 오고 있대."

라미에즈 씨는 어두워지는 하늘을 바라보며 말했어요.

"캠프장으로 다시 가자. 우리도 같이 여기서 길을 잃어버리면 제스퍼를 찾는 것도 소용이 없단다."

가슴이 덜컥 내려앉았어요. 제

스퍼는 티셔츠와 반바지만 입고 있었거든요. 음식이나 물도 가지고 있지 않았고요.
제스퍼 혼자 밖에서 얼마나 버틸 수 있을까요? 경찰들이 언덕을 넘으며 제스퍼를
찾을 때, 저는 혼자 나무 뒤에 숨어 있다가 제스퍼를 찾기 위해 다시 통나무 쪽으
로 갔어요. 통나무에 다가갔을 때, 안에서 뭔가를 긁는 소리를 들었고 제 마음속에
서는 희망이 다시 싹텄어요.

"제스퍼!"

저는 어둡고 이끼투성이인 터널로 기어들어 가며 외쳤어요.

하지만 그때 차갑고 창백한 손이 제 손목을 잡더니 저를 어둠 속으로 끌고 들어갔어요.

92 빗속에서

공포 점수 💀💀💀

숲에는 천둥 번개가 치고 있었고, 뒤이어
우박이 렉스와 렉스 아빠 위로 떨어졌어요.
보라색 천둥이 하늘을 밝게 물들였고, 렉스
와 아빠는 두려움에 몸서리를 쳤어요.

"우리 어딘가 들어가 있을 곳이 필요할 것 같아요!"

렉스는 소리쳤어요.

"저기는 어때?"

아빠는 수백 킬로미터가 떨어진 곳에 있는 버려진 오두막집을 가리키며 대답했어요.

이번 여행은 그저 부자간의 캠핑 여행이었을 뿐인데, 너무 험난한 일들이 많이
일어나고 있었어요.

렉스와 아빠는 우박을 맞으며 서둘러 오두막집으로 향했어요.

렉스는 오두막집의 썩어 가고 있는 문을 열었어요. 안에서는 끔찍한 냄새가 나고 있었어요. 그 방은 먼지투성이에 아주 더러웠어요. 렉스는 책상 위에 있던 뭔지 모를 음식이 담겨 있는 녹슨 금속 캔을 손에 집었어요.

"저녁으로 어때요?"

렉스는 농담을 던졌어요.

렉스와 아빠가 어둠에 적응하기 시작하자 렉스는 불안해지기 시작했어요. 이 오두막집은 뭔가가 단단히 잘못된 느낌이 들었거든요.

벽에는 검은색 액체가 잔뜩 튀어 있었어요. 침대 위에는 구식 라이플과 사냥용 칼이 올려져 있었어요. 그리고 침대도 똑같은 검은 액체에 젖어 있는 것 같았어요.

아빠는 라이플을 집어 들었어요.

"와, 이건 정말로 오래된 건데?"

아빠는 말했어요.

"건들지 마세요!"

렉스는 말했어요.

"그거 당장 내려놓으세요."

"진정해, 렉스. 이 장소는 적어도 백 년은 버려져 있었던 것 같아. 여긴 사실상 박물관이나 다름없다고."

아빠는 손전등을 켜 방 곳곳을 비추다 벽에 있던 총알 구멍과 피로 적혀 있는 메시지를 발견했어요.

당장 도망쳐

아빠는 비명을 질렀고 렉스는 현관문으로 질주했어요. 그때 총알 하나가 렉스의 머리 옆을 스쳐 지나갔어요.

무섭지만 사실이에요!

영국의 켄트주에 있는 데링 숲은 소리 지르는 숲으로도 유명해요. 그 이유는 밤늦게 숲속에서 소름 끼치는 비명 소리가 들려왔기 때문이라고 해요.

93 밤의 행군

공포 점수 💀💀💀💀💀

"밤에 여기를 걸어 다니는 건 위험해."

아빠는 저와 제 여동생 키키의 침낭 지퍼를 올리며 말했어요.

우리는 하와이에 있는 울창한 열대 우림 안 성스럽기로 유명한 폭포 근처에서 캠핑하고 있었어요. 다음 날 아침에 우리는 그 폭포까지 걸어가 수영을 하기로 했어요. 정말 기대돼요!

"밤의 행군을 조심하렴."

아빠는 고대 전사의 영혼들이 어디선가 말을 들을까 봐 걱정하는 것처럼 어깨 너머를 살피며 속삭였어요. 수많은 귀신 전사들이 밤에 행군을 하고 다니며 그들을 보는 사람들을 납치한다는 이야기를 저는 믿지는 않았어요.

"그건 그저 미신일 뿐이에요."

저는 말했지만 아빠는 저를 진지한 눈으로 바라보았어요.

"절대로 그렇지 않아."

아빠는 말했어요.

"해가 뜰 때까지 텐트 안에 있으렴. 그리고 만약 그들을 본다면…"

"절대 그들을 바라보지 말아라!"

키키와 저는 동시에 깔깔거리며 말했어요.

"그래, 맞아."

아빠는 키키를 간지럽히며 말했고 키키는 꺄악 하는 소리를 내었어요.

"아니면 그들이 너희를 데려갈 거야!"

저는 아침 일찍 일어나 머리를 텐트 밖으로 삐죽 내밀었어요. 밖은 아직 어두웠지만 아침을 알리는 새들은 벌써부터 지저귀고 있었고, 아빠는 아빠의 텐트에서 코를 골며 주무시고 계셨어요. 저는 수영복을 입고 폭포 쪽으로 걸어갔고, 바위 위에서 뛰어내려 차가운 물속으로 다이빙할 계획을 짜고 있었어요.

그런데 그때 저 멀리서 들려오는 낮은 북소리에 저는 발걸음을 멈췄어요. 누군가가 소라고둥을 불었어요.

저건 대체 무슨 소리일까요? 저는 어젯밤 아빠가 한 경고가 생각났고 팔의 털이 곤두서는 것을 느꼈어요. 어둑한 아침 햇살 속에서 불 붙은 횃불들이 일렬로 서 제 앞을 지나 정글 속으로 들어가고 있었어요.

엷은 안개 속에서 뼈다귀 목걸이를 하고 날카로운 가시가 있는 창을 든 전사들이 차례차례 나왔고, 저는 나무 뒤에 몸을 숨겼어요.

그 순간, 그 행렬은 왼쪽으로 급격하게 방향을 틀어 저를 향해 다가오기 시작했어요! 저는 숨어 있던 곳에서 뛰쳐나갔지만 발에 걸려 넘어지고 말았어요. 저는 덜덜 떨며 위쪽을 쳐다보았고, 거기에는 밤의 행군의 일원이 검은 눈동자로 저를 빤히 쳐다보고 있었어요.

그러자 갑자기 제 눈에서는 불타는 듯한 고통이 느껴졌고, 그 순간 아빠의 경고가 기억났어요. 절대 밤의 행군을 쳐다보지 말거라.

* 이 이야기는 하와이의 전설인 '밤의 행군'을 각색했어요.

무섭지만 사실이에요!

디아틀로프 패스 사건은 1959년에 아홉 명의 러시아인 도보 여행자가 죽은 사건을 이야기해요. 이 사건은 아직까지도 해결되지 않았어요. 영하의 날씨에서 어떤 존재가 야영객들을 텐트에서 도망치게 만들었어요. 그래서 여섯 명은 저체온증으로 죽었고, 나머지 세 명은 겉으로는 다친 곳 없지만 내부의 신체적 외상으로 죽었어요. 야영객들에게는 정확히 무슨 일이 일어난 건지 알 수가 없어요.

CHAPTER 11

악몽 유발소

경고!

이 이야기들은 악몽을 유발할 수도 있습니다!

정말 보고 싶으신가요?

94 하나코 씨의 전설

공포 점수

"이건 학교에 새로 전학 오는 사람들이 꼭 겪어야 하는 관례야."

료스케가 말했어요.

료스케는 저를 끌고 계단을 올라가 3층에 있는 여자 화장실 안쪽으로 밀어넣은 뒤 문을 쾅 하고 닫아 버렸어요. 저는 꼼짝없이 화장실에 갇히고 말았어요. 형광등은 깜빡거리고 있었고 화장실은 어두웠어요. 창문도 없어 나갈 곳도 없었어요.

저는 료스케가 알려 준 것처럼 화장실의 세 번째 칸을 세 번 노크했고, 노크 소리는 젖은 타일 벽에 부딪치며 울려 퍼졌어요.

"하나코 씨, 계신가요?"

저는 목소리를 떨며 말했어요. 료스케는 밖에서 웃고 있었고, 수업 종이 울렸지만 화장실 안은 기분 나쁠 정도로 조용했어요. 시간이 조금 지나고 저는 안심이 되기 시작했어요. 이건 그냥 바보 같은 장난일 뿐이었어요. 당연히 하나코 씨의 귀신이 사실일 리가 없지요.

"실패했어!"

저는 료스케에게 소리쳤지만 대답은 들려오지 않았

어요. 제가 밖으로 나가기 위해 잠긴 문을 열심히 밀고 있는데, 거울 안에서 무언가가 움직이는 게 느껴졌어요. 그때 하얗고 작은 손이 세 번째 칸 아래에서부터 나오면서 문이 천천히 삐걱거리며 열렸어요. 제 입은 바싹 마르기 시작했고, 두려움에 자리에서 움직일 수 없었어요. 세 번째 칸 안에서는 빨간 셔츠를 입고 긴 흑발로 얼굴을 가린 작은 소녀가 나왔어요.

"료스케! 빨리 내보내 줘!"

저는 소리 지르며 화장실 문을 미친 듯이 두드렸지만 문은 열리지 않았어요. 료스케는 도대체 어디로 갔을까요? 저를 놔두고 교실에 돌아간 걸까요?

그 여자아이는 천천히 저에게 다가왔고 머리카락을 치운 얼굴의 눈에서는 피가 흐르고 있었어요.

* 이 이야기는 일본의 유명한 유령 이야기인 '하나코 씨의 전설'을 각색했어요.

95 지하 창고의 찬장

공포 점수

"마틴! 어디 있니?"

발레리아가 소리쳤어요. 남동생 마틴은 점심을 먹고 난 뒤 사라져 버렸고, 몇 시간 동안이나 보이지가 않았어요. 발레리아는 얼른 강으로 수영하러 가고 싶었기 때문에 빨리 마틴을 찾고 싶었어요.

발레리아 남매는 먼 친척인 루카스 아저씨의 집에서 머무르고 있었어요. 아저씨는 구조가 복잡한 낡은 맨션에서 살고 있었고, 그곳에는 숨기 좋은 곳들이 매우 많았어요.

아니, 지나치게 많았어요.

"마틴이 지하 저장고의 괴물에게 납치된 것일 수도 있겠구나."

루카스 아저씨는 음침한 표정으로 말했어요.

"참 재미있네요, 아저씨."

발레리아가 말했어요.

루카스 아저씨는 악명 높은 거짓말쟁이였어요. 아저씨는 어렸을 때 아저씨의 가장 친한 친구가 지하 저장고의 괴물에게 잡아먹혔다고 얘기하고 다녔대요. 그리고 아저씨가 그 괴물을 벽장에 가두고 열쇠를 숨겨 놨다고 얘기하고 다녔어요. 루카스 아저씨는 지금까지도 그 열쇠가 어디에 있는지 아무에게도 알려 주지 않았어요. 아저씨는 만들어 낸 바보 같은 이야기로 발레리아와 마틴에게 겁을 주는 것을 좋아했어요. 하지만 정말 그 이야기 이

후로 아저씨의 친구가 발견되지 않았다고 해요. 생각해 보면 이건 정말 슬픈 이야기예요.

발레리아는 살펴볼 수 있는 곳은 다 살펴본 것 같았어요. 발레리아는 돌계단을 내려갈 때마다 점점 조여 오는 가슴을 부여잡고 지하 창고로 내려갔어요. 루카스 아저씨의 지루하고도 길었던 이야기를 듣고 나니 지하 창고가 무섭게 느껴졌어요. 발레리아는 어둑한 전구로 밝혀진 가운데 낡은 병들이 줄을 지어 늘어져 있는 작고 습한 방 안을 걸어 다녔어요.

"마틴!"

발레리아가 소리친 목소리가 비좁은 공간 안에서 메아리쳤어요.

"당장 나와! 수영하러 가자."

"나 여기 있어!"

마틴은 크고 오래된 벽장 뒤에서 소리쳤어요. 마틴은 손이 닿을랑 말랑 하는 곳에 있는 무언가를 움켜잡으려고 하고 있었어요.

"누나, 내 공 좀 집어 줄 수 있어?"

마틴은 티셔츠에서 거미줄과 먼지들을 털어 내며 물어봤어요. 발레리아는 벽장 뒤로 들어가 공을 집었고, 실수로 그만 무너져 가는 벽에 부딪쳐 벽이 조금 부서졌어요.

그러자 은색 열쇠가 바닥에 떨어졌어요.

발레리아는 마틴과 함께 잠겨진 벽장 앞으로 향했어요. 그리고 손에는 그 열쇠를 쥐고 있었어요.

"설마 이거…."

발레리아는 벽장을 보며 말했어요.

"벽장 열어 봐도 될까?"

마틴이 말했어요.

"괴물은 어쩌고?"

발레리아가 말했어요.

"그건 그냥 지어낸 이야기일 뿐이잖아."

물론 마틴이 한 말이 맞아요. 발레리아 는 녹슨 자물쇠에 열쇠를 꽂아 넣고 조심 스럽게 열쇠를 돌렸어요.

후회하기에는 이미 너무 늦었어요.

벽장에서 무언가가 기나긴 잠에서 일어난 것처럼 낮게 으르렁거리는 소 리가 들려왔어요. 그리고 그 소리는 점점 커졌고 문이 벌컥 열렸어요.

무섭지만 사실이에요!

영국에서는 보드민 무어에 사는 야수가 콘월 지방을 어슬렁어슬렁 돌아다니고 있다고 전해지고 있어요. 그 야수는 표범같이 생긴 들고양이인데 유령같이 돌아다닌다고 해요. 1978년 이 들고양이는 가축들을 죽이고 다니면서 처음 정체를 알렸어요. 가축이 너무 잔인하게 훼손되었기 때문에 농부들은 그걸 고기로도 사용할 수 없을 정도였다고 해요. 소문에 의하면 불법적으로 운영된 사립 동물원에서 들고양이가 탈출했거나 혹은 들고양이를 풀어 주어서 이런 야수가 되었다고 해요. 하지만 과학자들은 현재 야수가 실제로 있다는 증거가 없다고 말했어요.

96 가장 친한 친구

공포 점수

"이전 학교의 친구들이 그리워요."

저는 엄마에게 말했어요. 새 마을은 이전에 있던 마을과 꽤 달랐거든요. 이곳은 지루하고 외로웠어요.

"공원으로 놀러 나가자."

엄마는 제안했어요.

"나중에 아이스크림 먹어도 돼요?"

저는 말했어요.

"물론 되지."

공원에는 사람이 한 명도 없었고 바람이 많이 불어 매우 추웠어요. 엄마는 벤치에 앉아 핸드폰을 보고 있었고 저는 혼자서 그네를 탔어요.

"나도 같이 놀아도 돼?"

어떤 여자아이가 저에게 물었어요. 저와 또래로 보이는 한 여자아이가 조금 찢어진 체크무늬 원피스를 입고 그네 옆에 서 있었어요.

"물론이지!"

저는 말했어요.

여자아이는 제 옆에 있는 그네에 앉아 그네를 타기 시작했어요.

"내 이름은 몰리야."

아이가 말했어요.

"나는 로렌이야. 나는 막 이곳으로 이사 왔어. 그래서 아직 친구가 없어."

"내가 너의 친구가 될게."

몰리가 말했어요. 몰리는 작은 손을 내밀었고 저는 그 손을 잡았어요. 손이 얼음같이 차가웠어요. 몰리는 옷을 너무 얇게 입고 있었기 때문에 재킷이 필요해 보였어요. 지금은 날씨가 매우 춥거든요.

"잠시만 기다려."

저는 말했어요. 저는 그네에서 내려와 엄마에게 달려갔어요.

"아이스크림 먹는 곳에 새 친구를 데려가도 돼요?"

저는 신이 나서 물었어요. 엄마는 제 어깨 너머로 그네 쪽을 쳐다봤어요.

"무슨 친구?"

뒤돌아본 곳에는 몰리는 온데간데없었고 그네만이 천천히 움직이고 있었어요.

"왜 이 공원에 사람이 없는지 이제 알겠네."

엄마는 핸드폰으로 구글을 검색하며 말했어요.

"한 여자아이가 지금으로부터 50년 전에 실종되었다. 그 아이는 친구를 만나러 나왔지만 집으로 돌아가지 못했다."

97 좀비 떼

공포 점수

앳킨스 교장 선생님은 확성기로 다급하게 학생들에게 소리쳤어요.

"학생 여러분! 맥아더 초등학교는 현재 즉각적인 폐쇄 조치에 들어갑니다… 각자 선생님의 지시에 잘 따라 주시…."

앳킨스 선생님의 목소리가 끊겼고 저의 가장 친한 친구인 애니는 제 손을 꼭 쥐었어요.

다오 선생님은 우리 교실의 문을 모두 잠갔어요.

"애들아, 제발 꼭꼭 숨어 있으렴."

선생님은 떨리는 목소리로 말했어요. 다오 선생님은 커튼을 쳤고 저는 책상 아래로 기어들어 갔어요.

밖에는 좀비 떼들이 몰려와 있었어요. 좀비 떼는 학교 주위를 둘러싸 울타리를 흔들고 있었어요.

"좀비들이야!"

저는 애니에게 속삭였고 애니는 제 손을 더욱 세게 쥐었어요.

"침착하자."

다오 선생님이 말씀하셨어요.

"우리를 도와줄 사람들이 지금 이쪽으로 오고 있어."

우리는 침착하게 있고 싶었지만, 학교 운동장 쪽에서는 울타리가 부서지는 소리가 났고, 축구장에서는 수천 마리의 좀비들이 내는 울음소리가 들려오고 있었기 때문에 그러기가 힘들었어요. 좀비들은 교실 앞까지 와 썩은 손톱으로 유리를 긁기 시작했어요.

"나 정말 무서워."

애니는 눈에 눈물이 그렁그렁 맺히며 말했어요.

"나도 그래."

그때 유리가 깨졌고, 좀비들은 서로를 밟고 교실 안으로 들어왔어요. 그러고는 손을 휘두르며 우리를 잡아 물어뜯으려 했어요.

반 친구 매니가 책상 아래에서 기어 나와 다오 선생님에게서 열쇠를 잡아채 갔어요.

"문을 열면 안 돼!"

선생님은 소리쳤어요. 하지만 사실 교실 안이나 바깥이나 위험한 건 똑같아요. 적어도 밖에 있으면 좀비 떼에 의해 한구석으로 몰릴 일은 없으니까요.

매니는 교실 문을 열어젖히고 혼돈의 도가니인 복도 안으로 사라졌어요.

"뛰어!"

저는 애니의 손을 잡으며 외쳤지만 애니는 공포에 몸이 얼어붙어 움직이지 못했어요. 저는 절박하게 애니의 팔을 잡아당겼지만 이미 좀비 한 마리가 뼈에 썩은 살을 덜렁덜렁 매단 채 이빨을 갈며 애니를 향해 다가오고 있었어요.

좀비가 애니의 팔을 문 순간 저는 애니의 손을 놓았어요. 저는 복도를 뛰어가다가 물품 보관함 뒤에 숨었고, 그곳에서 모든 것이 조용해질 때까지 숨을 죽이고 가만히 있었어요.

저는 보관함 주위를 살짝 살펴보았어요. 그때 익숙한 갈색 신발이 바닥에서 끽끽거리는 소리를 내며 복도를 걸어오고 있었어요.

"애니?"

저는 머리를 살며시 내밀며 속삭였어요. 순간 애니는 끔찍한 울음소리를 내더니 피로 물든 팔을 앞으로 뻗고 이빨을 딱딱 부딪치며 저를 향해 오기 시작했어요.

98 피투성이 메리

공포 점수

"거울을 향해 피투성이 메리라고 세 번 말해 봐."

가브리엘라가 말했어요.

"지금 무서워하는 거 아니지, 그치?"

"당연히 아니지."

로라는 재빨리 대답했어요.

"내가 왜 겁을 먹었겠어?"

로라는 온몸에서 나는 식은땀에 축축해졌고, 속이 뒤집힐 것 같았어요. 로라와 가브리엘라는 어두운 복도를 지나 화장실로 갔어요. 복도의 마룻바닥이 삐걱거렸지만 둘은 가브리엘라의 부모님을 깨우지 않으려고 살금살금 화장실로 향했어요.

가브리엘라는 로라를 화장실까지 데려가 재빨리 문을 닫았어요. 가브리엘라는 손전등을 켜고 커다란 거울 앞으로 로라를 밀었어요. 거울에서는 로라 자신의 모습이 보였어요.

로라의 입술이 떨리기 시작했어요. 거의 울 것만 같았거든요.

"만약 내가 정말로 피투성이 메리를 불러내면 어떻게 해?"

로라는 물었어요.

"그러면 너는 100년 전에 죽은 사람을 소환하는 데 성공하는 거지."

가브리엘라는 손전등을 그녀의 턱 밑에 비추며 마치 연극을 하듯이 말했어요.

"내가 왜 그래야 하는데?"

로라는 충격에 휩싸인 표정으로 가브리엘라에게 물었어요.

"겁쟁이처럼 굴지 마."

가브리엘라는 말했어요.

"재밌잖아. 그냥 해."

로라는 용기를 얻기 위해 숨을 깊이 들이쉬고 떨리는 목소리로 낮게 주문을 중얼거렸어요.

"피투성이 메리 씨."

로라가 외쳤어요.

"피투성이 메리 씨, 피투성이 메리 씨…."

잠시 후, 둘에게는 아무 일도 일어나지 않았고, 이렇게나 무서워한 것이 바보같이 느껴졌어요.

그 둘은 잔뜩 긴장해 있던 서로의 얼굴을 쳐다보고 빵 하고 웃음을 터뜨렸어요.

그런데 그 순간 로라는 거울을 쳐다보던 가브리엘라의 두 눈이 커지는 것을 보았어요.

거울 안에는 무시무시하게 생긴

마녀가 그들 뒤에 서 있었어요. 마녀의 피부는 마구 찢어져 있었고 두 눈은 새하얬어요.

피투성이 메리는 날카로운 이빨을 보이며 웃고 있었고, 입에서 흐르는 피가 턱을 타고 줄줄 흐르고 있었어요. 피투성이 메리는 깔깔거리며 길게 웃었어요. 메리는 길고 앙상한 팔을 거울에서부터 뻗어 그 더러운 노란색 손톱으로 로라를 잡으려 했고 로라는 그 자리에서 비명을 질렀어요.

99 울부짖는 나무

공포 점수 🕱🕱🕱🕱🕱

제니의 가족은 하루 종일 하이킹을 하고 난 후, 산속에서 텐트를 치고 지쳐 잠이 들었어요. 하지만 제니는 잠들지 못했어요. 제니는 너무 화장실이 가고 싶었지만 이미 시간은 너무 늦었고 깜깜한 숲을 혼자서 탐험하기에는 너무 무서웠어요.

제니는 더 이상 오줌을 참을 수 없을 것 같아 손전등을 들고 캠프장을 나섰어요. 그리고 깜깜한 길을 따라 천천히 걸어갔어요. 주변에서는 나뭇가지들이 부서지는 소리와 잎이 바스락거리는 소리 그리고 동물들이 움직이는 소리가 났어요. 그리고 오빠 크레이그가 울부짖는 나무라고 불렀던 비뚤게 자란 오래된 소나무를 보았어요. 그때 제니는 나무에서 나는 낮은 울음소리를 들었어요. 크레이그 말에 의하면 이 나무는 수백 년 전 범죄자들의 목을 매달기

위해 사용되었다고 했어요. 여기서 수많은 사람들이 목매달아 죽었고, 그 뒤로 울부짖는 나무의 주변에 있는 생명들도 죽어 가기 시작했다고 했어요. 그 나무 주변의 덤불들은 하얗게 변했고, 꽃들이 시들어 죽고, 잡초마저 자라지 않았어요.

제니는 으스스하게 생긴 비뚤게 자란 소나무에 몸을 떨며 다가갔어요. 제니가 화장실이 있는 곳까지 가려면 그 소나무 밑을 지나야만 했거든요. 제니는 숨을 멈추고 쿵쾅대는 가슴을 부여잡고 있는 힘껏 뛰기 시작했어요. 제니가 나무 옆을 지나갈 때, 그 울음소리는 더욱더 커졌어요. 그 소리는 마치 백 명의 사람들이 한꺼번에 매우 슬프게 우는 소리처럼 커다란 비명 소리로 바뀌었어요.

제니는 갑자기 다리가 땅에 붙은 것처럼 나무 아래에 섰어요. 제니는 가지에서 무언가가 나타나는 것을 발견했어요. 그것은 올가미였어요! 그리고 그 옆에서는 유령과 같은 것이 나타났어요.

그 영혼은 귀신 같은 손가락으로 제니를 부르며 거친 목소리로 말했어요.

"우리를 따라오렴. 오늘 밤 우리와 같이 지하 세계로 가자꾸나!"

제니는 비명을 지르고 도망치려 했지만 무언가가 제니를 잡고 있었어요. 그건 바로 나무뿌리였어요! 그 무서운 나무에서 나온 뿌리는 제니의 발목을 감싸고 천천히 제니를 나무 쪽으로 끌어당기고 있었어요.

100 땅속에서의 노력

공포 점수 💀💀💀💀💀

　제가 눈을 떴을 때, 눈앞은 온통 캄캄했어요. 저는 캄캄한 어둠 속에서 머리 위쪽으로 손을 뻗어 보았고, 손바닥이 광택이 고운 쿠션 같은 것에 닿았어요. 저는 일어나 앉으려고 노력해 보았지만, 제가 들어 있는 상자는 제 몸에 정말 딱 맞았기 때문에 앉을 수가 없었어요. 상자가 정말 딱 제 몸만 했어요! 제 심장은 공포로 빠르게 뛰기 시작했고 필사적으로 주변을 더듬거리기 시작했어요. 저는 입고 있는 옷을 만져 보았어요…. 저는 왜 정장을 입고 있는 걸까요? 기억을 한번 더듬어 보았어요. 마지막으로 기억나는 건 열이 많이 나 아픈 상태로 침대에 누워 있는 저의 모습이었어요.

　그 후로는 전혀 기억이 나질 않았어요.

　제가 있는 이 상자의 크기는 제 몸에 딱 맞았고, 한 치 앞도 보이지 않는 어둠 속에서는 아무 소리도 나지 않았어요. 그 순간 저는 소름 끼치는 사실을 눈치채고 온몸에 소름이 돋았어요. 저는 지금 땅속에 묻혀 있는 거예요. 제 가족이 제가 죽은 줄 알고 실수로 땅속에 묻은 것이 틀림없어요!

부러질 것 같은 팔로 관 뚜껑을 최대한 세게 밀어 보았지만 뚜껑은 꿈쩍도 하지 않았어요. 저는 관 뚜껑을 발로 차 보고 손이 아플 때까지 밀어 보았고, 목이 쉴 때까지 울부짖어도 보았어요. 하지만 이렇게 땅속 깊은 곳에서 울부짖는 제 목소리를 들을 사람은 아무도 없었어요.

호흡이 불규칙하게 가빠지기 시작했어요. 공기가 부족해지고 있는 거예요! 저는 상자 속에서 얼마 남지 않은 공기를 힘겹게 마시며 몸을 비틀어 봤어요. 그리고 비명을 지르고 관 뚜껑을 할퀴며 밖으로 나가 보려 안간힘을 썼어요.

모든 희망을 잃었을 즈음에 한 줄기 희망의 소리를 들었어요. 바로 제가 들어 있는 관을 삽이 탁탁 치는 소리였어요.

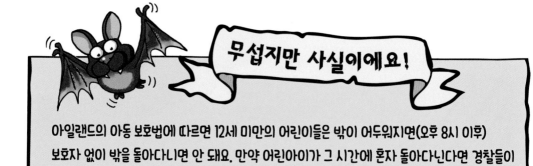

무섭지만 사실이에요!

아일랜드의 아동 보호법에 따르면 12세 미만의 어린이들은 밤이 어두워지면(오후 8시 이후) 보호자 없이 밖을 돌아다니면 안 돼요. 만약 어린아이가 그 시간에 혼자 돌아다닌다면 경찰들이 아이들을 경찰서로 데려가서 부모님께 연락을 한답니다!

외계 생명체

공포 점수

베일리는 화성에 있는 국제 우주 정거장에서 살게 되었어요. 베일리는 최초로 화성에서 살게 된 첫 이민자 중 하나였어요.

"온실에 좀 다녀올게요."

베일리는 제어실에 있는 로떼에게 외쳤어요.

베일리는 공기 차단실에서 정해진 절차를 꼼꼼하게 따랐어요. 왜냐하면 화성에 가득 찬 이산화탄소는 사람에게 독이 될 수 있거든요. 그래서 우주복하고 산소통 없이는 아무도 우주 정거장을 떠날 수 없었어요.

베일리는 온실에서 상추밭을 살펴보았는데 거의 모든 상추에 벌레가 갉아먹은 자국이 있었어요.

하지만 화성에는 베일리 말고 세 명의 동료 우주 비행사만 살고 있었어요.

베일리는 반쯤 먹힌 상추를 만져 보았고, 상추에 묻어 있던 부드럽고 끈적거리는 액체가 장갑을 타고 흘러내렸어요. 베일리는 로떼에게 이 사실을 알리기 위해 제어실로 달려갔고, 로떼는 그 얘기를 들은 즉시 온실의 해치를 잠갔어요.

"저 상추를 먹은 생명체는 우리의 적일 수도 있어."

로떼는 말했어요.

"이 낯선 곳에서 모험을 하는 건 위험한 짓이야."

그날 밤, 베일리는 침대에 누워 책을 읽던 중 찰칵거리는 이상한 소리를 들었어요. 그때 침대 발치를 쳐다보니 웬 외계 생물이 베일리를 바라보고 있었어요. 그 외계 생물은 막대기 같은 여덟 개의 다리와 벌레처럼 커다란 눈을 가지고 있었어요.

그 외계 생물은 베일리의 가슴 위에 올라타 베일리를 누르고는 두껍고 끈적거리는 줄을 베일리의 얼굴과 입 주변에 뱉어 냈어요.

베일리가 만약 입을 벌려 비명을 지른다 하더라도, 아무도 베일리의 목소리를 듣지 못했을 거예요.